Dieses Buch gehört:
Alter:
Klasse:

Tobias Bungter

ABRAKADABRA!

Das vierte Abenteuer von
Kokolores & Co.

Mit Illustrationen von
Céline Lemosquet

KiWi
KÖLN

1. Auflage 2011

Illustrationen: Céline Lemosquet, Paris
Lektorat: Helga Resch, Köln
Satz und Layout: Hans-Joachim Schneider, Köln
Druck und Bindearbeiten: GGP Media GmbH, Pößneck
ISBN 978-3-462-03833-0

1. HÄPPI BÖRSDÄI, CONNY!

»Häppi Börsdäi tu ju, häppi Börsdäi tu ju, häppi Börsdäi, liebe Conny, häppi Börsdäi tu juuuuuuu!«

Das Ständchen ist krumm und schief, aber lieb gemeint.

»Danke, liebe Freunde, danke! Euer Englisch ist ja allererste Sahne! Und singen könnt ihr auch noch!« Conny verbeugt sich so tief, dass ihr blonder Pferdeschwanz fast den Boden berührt. Es ist der erste Tag der Sommerferien und sie hat ihre besten Freunde zu einer Geburtstagsfeier auf ihren Lieblingsreiterhof in Rodenkirchen eingeladen. Und alle sind gekommen: Carla, mit ihren schwarzen Strubbelhaaren, ihr verfressener Kater Kokolores, Ibi, der sich wieder einmal coole neue Turnschuhe gekauft hat, Tom, der als treuer FC-Köln-Fan das Trikot seiner Lieblingsmannschaft trägt, und Jo, der aussieht, als wäre er direkt aus einem MTV-Hip-Hop-Video in den Reiterhof gebeamt worden. Zusammen sind die Freunde als Kokolores & Co. bekannt und haben die Angewohnheit, ständig in wilde Abenteuer zu purzeln. Aber heute ist kein Abenteuer in Sicht, heute wird eine Party gefeiert.

»Wir können nicht nur toll singen, wir haben auch tolle Geburtstagsgeschenke mitgebracht«, sagt Carla und kramt einen Kuchen, der aussieht wie ein Schuhkarton aus Kohle, aus ihrem Rucksack. Zwölf Kerzen stecken krumm und schief darauf. Mit einem breiten Grinsen überreicht Carla ihr Kunstwerk.

»Vielen Dank, Carla!«, ruft Conny. »Der ist aber … knusprig.«

»Ich hab geholfen«, sagt Ibi, »ohne mich hätte Carla das nie hinbekommen.«

»Das stimmt«, sagt Carla, »ohne Ibi hätte ich das Teil viel zu früh aus dem Ofen genommen.«

»Aber jetzt ist es ja genau richtig.« Conny klopft mit dem Zeigefinger gegen das steinharte Gebäck. Jo zündet die Kerzen an, Conny bläst sie sofort wieder aus und mit Hilfe eines riesigen Messers und viel Kraft wird der Kuchen in Scheiben geschnitten. Unter der Kohlekruste ist er sogar sehr lecker.

»Ich hab auch ein cooles Geschenk für dich«, sagt Jo mampfend und überreicht Conny ein kleines, sorgfältig eingewickeltes Päckchen. Conny wickelt es mit spitzen Fingern aus und bringt zwei große, kreisrunde neongrüne Ohrringe zum Vorschein.

»Oh!«, sagt Conny. »Das ist aber wirklich eine Überraschung.«

Jo zieht seine Baseballkappe etwas tiefer in die Stirn.

»Ja, Mann, ich weiß, dass das nicht ganz so dein Style ist. Aber ich dachte, du bist jetzt zwölf Jahre alt und solltest zur Abwechslung mal was Cooles tragen.«

»Und was ich sonst so anziehe, ist uncool, oder was?«

»Na ja … deine hellblauen Pferdepullis sind ja ganz hübsch. Aber cool ist was anderes.«

»Grüne Neonohrringe zum Beispiel?«

»Genau, Baby!«

Conny zuckt mit den Schultern.

»Na gut. Dann ziehe ich sie an. Passen ja auch gut zu hellblau.«

Conny nestelt die Ringe in ihre Ohrläppchen und alle bestätigen ihr, dass sie jetzt wirklich verdammt cool aussieht.

»Hier ist mein Geschenk für dich, Conny«, sagt Tom schüchtern und hält ihr eine in Zeitungspapier eingewickelte Kugel entgegen.

»Lass mich raten«, sagt Conny, »es ist ein Ball!«

Tom nickt.

»Aber nicht irgendeiner. Pack ihn mal aus!«

Conny wickelt das Zeitungspapier ab und hält einen Fußball in den Händen.

»Sehr … hübsch, Tom. Vielleicht kann ich ja Pferdefußball auf dem Reiterhof einführen. Aber warte mal – der Ball ist ja von oben bis unten bekrickelt!«

»Bekrickelt nennst du das? Das sind die Unterschriften der Stars des 1. FC Köln! Ich habe total lange vorm Geißbockheim gewartet, um sie zu bekommen.«

»Dann ist das natürlich was anderes. Ich werde ihn in Ehren halten und irgendwann meinen Enkeln vererben.«

Tom wird rot wie sein Trikot und macht ein Gesicht wie eine grinsende Tomate.

»Ey, Conny, ich hab auch noch was für dich«, meldet sich Ibi und holt ein edel verpacktes Geschenk aus seinem Turnbeutel. Conny wickelt es vorsichtig aus, guckt den Inhalt eine Weile ungläubig an und ist auf einmal noch eine ganze Ecke röter als Tom.

»Aber Ibi ... das ist ... das ist ja ... das ist ein BH!«

Ibi grinst stolz.

»Keine Angst, Conny, der hat mich nicht ruiniert. Ist nur von H&M.«

»Ja, aber Ibi ... was soll ich denn damit?«

»Also, so was benutzt man, um ...«

»Ibi, ich weiß schon, wofür so was gut ist, aber was soll ausgerechnet ich damit?«

»Du kannst ja irgendwas reinstopfen, bis du irgendwann nichts mehr reinstopfen musst.«

»Was ist das denn für eine beknackte Idee?«

»Meine Cousine Ayse macht's genauso.«

»Na ja ... also ich guck mal ... das probiere ich vielleicht irgendwann mal aus. Aber nicht jetzt! Und das ist noch lange kein Grund für euch, so doof zu grinsen. Das gilt auch für dich, Kokolores!«

Der gestreifte Kater Kokolores schafft es tatsächlich, zu grinsen. Er streicht Conny um die Beine und lässt ein lautes »Miau!« vom Stapel. Das ist sein Geburtstagsgeschenk für sie.

»Wir grinsen doch nicht wegen dem Ding da«, sagt Jo und zeigt auf den schneeweißen BH, der vor Conny auf dem Tisch liegt. »Wir grinsen, weil die große Überraschung für dich ja noch kommt. Und wir wissen, was es ist, und du nicht. Ätsch!«

»Was sollte mich jetzt noch überraschen«, murmelt Conny. In diesem Moment klopft es an die Tür des Reiterstübchens.

2. ÜBERRASCHUNG

Immer noch grinsend wie ein Honigkuchenpferd öffnet Jo die Tür. Als er aber sieht, wer dort draußen steht, sackt sein Kinn weit nach unten. Es ist sein Mathelehrer Stöppkes, der fröhlich hinter seinen dicken Brillengläsern hervorblinzelt.

»Hal-lo, Con-stan-ze!« Stöppkes stolpert ins Zimmer, wobei er fast über seine eigenen Füße fällt und mit der Nase in Carlas verkohltem Kuchen landet. »Hu-ch! Wa-s lie-gt de-nn da auf dem Tisch?«

»Das soll 'n Kuchen sein, Herr Stöppkes«, sagt Tom.

»Das se-he ich, ich mei-ne doch die-ses wei-ße Kleidungs-stück dort.«

»Das ist gar nix«, sagt Conny schnell und versteckt Ibis Geschenk unter ihrem Pullover.

»Na-nu? Weg ist es. Ist ja au-ch e-gal. Dei-ne Ohrringe sin-d a-ber sehr hübsch, Con-stan-ze!«

»Conny hat 'nen neuen Styleberater. Und das bin ich«, sagt Jo stolz.

»Nun, so et-was könn-te ich au-ch ein-mal ge-brau-chen. So … äh … was will ich ei-gent-lich hier?«

»Sind Sie vielleicht wegen Connys Geburtstag gekommen, Herr Stöppkes?«, schlägt Ibi vor.

»Ja! Stim-mt, Ibra-him! Al-so, Con-stan-ze, herz-li-chen Glück-wunsch zu dei-nem vier-zehn-ten Ge-burts-tag!«

»Ich werde aber zwölf«, sagt Conny leise.

»Was? Ach so, ja .. na-tür-lich. Al-so, als mei-ne bes-te Schü-ler-in hast du ein ganz be-son-deres Ge-burts-tags-ge-schenk ver-dient. Hier!«

Herr Stöppkes reicht Conny eine kleine Schachtel. Während Conny sie öffnet, schaut er gespannt zu.

»Ein Taschenrechner! Vielen Dank, Herr Stöppkes.«

»Fre-ut mich, dass er dir ge-fällt, Con-stan-ze. Es ist ein TI-vier-zwo-vier-drei-zwo mit So-lar-be-trieb!«

»Boah! Wahnsinn!«, ruft Ibi. Stöppkes klatscht in die Hände und redet begeistert weiter:

»Die-ses Mo-dell hat gan-z be-son-de-re Funk-tio-nen, zum Bei-spiel hier, der Wur-zel-ex-trak-tor, o-der hier, der Pytha-go-ras-for-mu-la-tor, oder hier …«

Herr Stöppkes listet sämtliche Funktionen des TI-4-2-4-3-2 auf, und die Freunde stellen ihre Ohren auf Durchzug.

»Das war aber 'ne dolle Überraschung«, flüstert Conny, ohne Stöppkes zu unterbrechen.

»Da haben wir nix mit zu tun«, flüstert Jo zurück. »Die Überraschung, die wir meinen, ist ungefähr siebenhundertmillionenmal cooler als der doofe Taschenrechner.«

»He, Herr Stöppkes!«, ruft Carla auf einmal.

»… und mit die-ser Tas-te kann-st du ganz ein-fach … ähm … ja, Car-la?«

»Probieren Sie doch mal meinen Superkuchen.«

»Oh! Na-tür-lich. Ger-ne.«

Carla schneidet ihrem Mathelehrer eine Riesenscheibe ab und während Stöppkes die harte Kruste knackt, ist eine Weile Ruhe. Erleichtert atmen die Kinder auf. Während sich Stöppkes noch seine Zähne ruiniert, tauchen plötzlich Herr und Frau Oldenburg, Connys Eltern, im Reiterstübchen auf. Auch sie haben dieses unverschämte Grinsen im Gesicht.

»Hallo, Conny«, sagt Herr Oldenburg, »es tut mir Leid, dass wir hier in deine Party platzen. Aber wir wollten dir etwas zeigen, was dich vielleicht interessieren wird. Du musst dir allerdings die Augen verbinden.«

Frau Oldenburg reicht Conny ein schwarzes Tuch, das sie sich misstrauisch um die Augen bindet. Ibi überprüft, ob Conny auch wirklich nichts sehen kann, indem er ein paar Karatekicks, die er sich aus einem Playstationspiel abgeguckt hat, in ihre Richtung macht. Conny zuckt nicht zusammen, also ist wohl alles in Ordnung. Kichernd führt die ganze Gruppe sie aus dem Reiterstübchen heraus und geht quer über den Hof bis zu den Ställen. Vor einer Box ganz hinten bleiben sie stehen.

»So, Conny«, sagt Frau Oldenburg, »jetzt darfst du gucken.«

»Sind da auch keine Ratten, wie letztes Mal, als ich mir die Augen verbinden musste?«

»Keine Bange, Puppe«, sagt Jo und klopft ihr auf die Schulter.

»Na gut. Ich vertraue euch.«

Conny nimmt die Augenbinde ab. Vor ihr steht ein kleines schneeweißes Fohlen auf seinen wackeligen Beinen im Stroh und guckt sie aus großen, kugelrunden braunen Augen an.

»Ach du Scheiße«, murmelt Conny, »ist der süß!«

»Constanze! Was sind das denn für Wörter?«, fragt ihre Mutter, während sie fröhlich weitergrinst.

»Tut mir Leid, aber er ist so unglaublich niedlich …«

»Geh ruhig hin«, sagt ihr Vater, »er gehört nämlich dir.«

3. WIE SOLL ER BLOSS HEISSEN?

Conny läuft auf das Fohlen zu und umarmt es stürmisch. Das kleine Pferd schnaubt leise und reibt seinen Kopf an ihrer Schulter. Ein Sonnenstrahl fällt durch eine Ritze in der Stallwand und taucht die Szene in goldenes Licht.

»Ich kann's nicht glauben. Mein eigenes Pferd.« Conny streichelt dem Fohlen sanft über die Nüstern.

»Mann, ist das kitschig«, sagt Jo schließlich.

»Sollen wir Conny ab jetzt nur noch Kitschi nennen?«, fragt Carla.

»Ich find den Gaul okay«, meint Ibi, »wenigstens kann man da noch drübergucken.«

»Ob der auch so typische Pferdeäppel produzieren kann?«, fragt Tom.

»Das glau-be ich schon, Tom«, antwortet Herr Stöppkes, »schließ-lich hand-elt es sich um ein wasch-ech-tes Pferd, wenn auch um ein be-sond-ers klei-nes.«

»Gefällt es dir, Constanze?«, fragt Connys Mutter.

»Ich weiß gar nicht, was ich sagen soll, Mama. Das ist der schönste Tag in meinem Leben.«

»Es wird allerdings noch eine ganze Weile dauern, bis du es reiten kannst«, sagt Herr Oldenburg. »Bis dahin musst du es gut versorgen. Und wenn du das schaffst, kannst du es auch behalten. Wenn du aber dein Interesse verlierst, werden wir es wieder verkaufen.«

»Niemals! Ich werde mich jeden Tag um den Kleinen kümmern. Er soll das glücklichste Pferd der Welt sein.«

»An deinen nächsten Geburtstagen wird es natürlich nur ganz kleine Geschenke geben«, fährt Connys Vater fort, »falls überhaupt.«

»Das ist mir egal! Ich brauche nie wieder ein Geschenk! Ich bin so glücklich.«

»Wie heißt der Zossen überhaupt?«, fragt Jo.

»Einen Namen hat er noch nicht«, sagt Connys Vater, »Constanze kann sich einen aussuchen.«

»Ich werde ihn Schneeflöckchen nennen!«

»Schneeflöckchen?«, ruft Jo. »Hast du noch alle Tassen im Schrank? Du bist doch nicht mehr im Kindergarten.«

»Und was wäre dein Vorschlag, Mister Obercool?«

»Mmmh … vielleicht Snoop Dogg?«

»Das ist doch ein Pferd und kein Hund.«

»Crazy Horse?«

»Vergiss es, Jo.«

»Wa-rum nicht A-dam Riese?«

»Ich weiß nicht, Herr Stöppkes …«

»Wie wär's mit Cavallino?«, schlägt Carla vor. »Das bedeutet Pferdchen auf Italienisch.«

»Cavallino. Das hört sich hübsch an. Aber ein Pferd, das Pferdchen heißt? Ich weiß nicht.«

»Nenn ihn lieber Oliver Kahn«, meint Tom. »Das ist ein klasse Name.«

»Ist doch wohl nicht dein Ernst, Tom.«

»Also ich würde mein Pferd so nennen.«

»Oliver Kahn«, sagt Ibi verächtlich, »das ist doch voll daneben. Hakan Sükür muss der Gaul heißen!«

»Sükür«, überlegt Conny, »das hört sich irgendwie süß an …«

»Soll aber gar nicht süß sein!«, protestiert Ibi.

»Ist aber süß! Süßer Sükür … Turniererster wird Constanze Oldenburg auf Sükür … Das hört sich doch gar nicht so schlecht an … Sükür, Sükür, Sükürchen. Sükürli. Zückerli für Sükürli.«

»Ich glaub, mir wird schlecht«, murmelt Jo.

»Auf jeden Fall ist Sükür besser als Schneeflöckchen«, sagt Tom.

»Mir ge-fällt Sü-kür auch sehr gut«, wirft Herr Stöppkes ein, »war das ni-cht ein be-rühm-ter Mathema-ti-ker aus dem osma-ni-schen Reich?«

»Möchtest du Sükür heißen, mein Kleiner?«, fragt Conny. Das Fohlen wiehert leise und wirft den Kopf nach hinten.

»Er hat ja gesagt! Er hat sich seinen Namen selber ausgesucht! Mein kleiner Sükür!« Conny gibt dem Fohlen ein Küsschen auf die Mähne. Jo verdreht die Augen himmelwärts.

»Tja, Constanze«, sagt Herr Oldenburg, »bei aller Freude über deinen neuen Freund Sükür solltest du eines nicht vergessen.«

»Was denn, Papa?«

»Du hast deine Freunde eingeladen, um mit ihnen eine Party zu feiern. Und wo du schon einmal so fesche Ohrringe trägst, solltest du das auch tun.«

»Okay!«, ruft Conny. »Das machen wir! Kommt, Leute!«

»Aber trink nicht zu viel Cola!«, ruft ihre Mutter. »Sonst kannst du nachher nicht einschlafen.«

»Keine Bange, Mama. Du kennst mich doch.«

Connys Eltern und Herr Stöppkes verabschieden sich. Die Freunde laufen zurück ins Reiterstübchen und Conny zieht den Kasten mit den 1,5-Liter-Colaflaschen unter dem Tisch hervor.

4. CONNY IN NOT

Eine Woche nach der Party auf dem Reiterhof sitzen Carla und Kokolores gelangweilt im Wohnzimmer der Familie Felici. Im Fernsehen läuft mal wieder nur Mist. Zum Glück klingelt nach einer Weile das Telefon. Carla springt vom Sofa und hebt den Hörer ab.

»Hallo, hier ist Carla?«

»Carla … ich bin's, Conny … es ist etwas Schlimmes passiert.«

»Echt? Erzähl mal!«

»Ich rufe vom Reiterhof an … der kleine Sükür … er ist … er ist gestohlen worden.«

»Was? Das kann ja wohl nicht wahr sein!«

»Es ist aber wahr, Carla.«

»Hast du Kommissar Donnerstag angerufen?«

»Ja, natürlich. Der war schon hier und hat alle Spuren gesichert. Aber er versteht die ganze Sache auch nicht. Warum sollte jemand so ein kleines Fohlen stehlen? Es gibt doch viel wertvollere Pferde auf dem Hof.«

»Ist es denn sicher, dass er gestohlen wurde? Vielleicht ist er ganz einfach ausgebüchst?«

»Nein, der Stall wurde aufgebrochen, und Kommissar Donnerstag hat Reifenspuren gefunden. Außerdem hat man den Hofhund mit vergifteter Leberwurst betäubt. Ich … ich versuche die ganze Zeit, nicht zu heulen, Carla.«

»Halt noch ein bisschen durch, Conny! Ich trommel die anderen zusammen und dann kommen wir zu dir. Wir werden Sükür schon wieder finden.«

»Meinst du echt?«

»Hundert Pro!«

Ungefähr eine Stunde später sind Kokolores & Co. wieder auf dem Reiterhof in Rodenkirchen versammelt. Conny sitzt mit roten Augen auf einem Strohballen und berichtet ihren Freunden von dem Diebstahl. Sie wirkt ganz ruhig, aber die anderen merken, dass es in ihr brodelt wie in einem Vulkan. Kokolores versucht sie aufzumuntern, indem er ihr immer wieder vom Stalldach auf den Kopf springt, aber sogar dieser Trick kann Connys Laune nicht verbessern.

»Noch dazu meinte Kommissar Donnerstag, er wäre im Moment total gestresst, weil irgend so ein Depp wertvolle Ausstellungsstücke aus dem Römisch-Germanischen Museum gestohlen hat«, beendet sie ihren Bericht. »Da wird er wohl kaum Zeit haben, sich um so ein kleines, unwichtiges, hilfloses Fohlen zu kümmern.«

»Als ob so'n paar Scherben mehr wert wären als dein kleiner Sükür«, sagt Ibi.

»Vielleicht sehe ich ihn nie wieder ...«

»Jetzt werd nicht dramatisch, Conny«, meint Carla. »Hat Kommissar Donnerstag eigentlich wieder mal gesagt, wir sollten uns aus dem Fall raushalten, weil die Gangster viel zu gefährlich sind?«

»Natürlich.«

»Und? Wollen wir uns daran halten? Oder wollen wir Conny helfen, Sükür wieder zu finden?«

»Einmal darfst du raten!«, ruft Jo.

»Also abgemacht! Die Operation ›Rettet Sükür‹ startet in diesem Augenblick. Wir werden nicht aufgeben, bis wir das Fohlen gefunden haben. Einverstanden?«

»Zweiverstanden!«

»Klaro!«

»Normal!«

»Logisch, pipogisch!«

»Mau!«

Die Freunde klatschen mit den Händen oben, unten, links, rechts und über Kreuz zusammen, aber Conny macht immer noch ein trauriges Gesicht.

»Ihr seid lieb. Aber ich glaube nicht, dass wir dieses Mal etwas tun können.«

Jo zeigt Conny einen Vogel.

»Man kann immer was tun, Conny! Wenn man das Leben anlächelt, lächelt es zurück. Es ist niemals zu spät. Nutze den Tag! Nutze die Kraft, die in dir steckt! Du selbst bist deines Glückes Schmied!«

»Ich hätte dir nie diesen Sprüchekalender schenken sollen, Jo.«

»Aber es ist doch wahr. Rumsitzen und heulen bringt keinem was. Lasst uns sofort mit der Suche nach Sükür anfangen.«

»Und wie stellst du dir das vor, Jo?«, fragt Tom.

»Wir können ja erst einmal den Hof absuchen. Vielleicht gibt es noch Spuren, die die Polizei übersehen hat.«

»Das glaube ich zwar kaum«, seufzt Conny, »aber du hast Recht. Heulen kann ich nachher noch genug.«

»Na also. Auf geht's! Kokolores, du hilfst natürlich auch mit. Die kleinste Spur ist schon wertvoll.«

»Mau?« Kokolores wirft einen Blick auf die Koppel, auf der einige Pferde grasen, und verzieht sich dann schnell auf das Stalldach, wo er seine Nase erst einmal genüsslich in die Sonne reckt.

»Kein großer Pferdefreund, der werte Herr Kokolores, was?«, sagt Jo.

»Macht doch nichts.« Carla zuckt mit den Schultern. »Wir finden auch ohne ihn etwas. Da bin ich ganz sicher!«

5. DAS SILBERNE AMULETT

Nachdem sie den Reiterhof ein paar Stunden lang bis in den kleinsten Winkel durchkämmt haben, treffen sich die Freunde erschöpft und niedergeschlagen vor dem Stall wieder.

»Nichts.« Tom zuckt mit den Schultern.

»Hier auch: Fehlanzeige«, meint Jo.

»Ich habe nur das hier gefunden.« Carla hält ein rostiges Hufeisen in der Hand.

»Das lag bestimmt schon ein paar Jahre hier rum«, sagt Conny.

»Tja, dann hilft es uns auch nicht weiter. Wie sieht's bei dir aus, Ibi? Hast du was gefunden?«

»Null Komma nix.« Ibi kratzt mit einem Stock im Profil seiner neuen Turnschuhe herum. »Noch dazu bin ich in einen frischen Pferdeapfel gelatscht. Guckt euch mal an, wie meine neuen Tiger-Sneakers jetzt aussehen!«

»Deine Sorgen möchte ich haben«, flüstert Conny niedergeschlagen.

»Warte mal, Ibi«, sagt Tom plötzlich, »was ist denn das da?«

»Was? Meinst du die Pferdekacke an meinem Schuh?«

»Nein … das da in der Pferdekacke. In dem Klumpen, den du da gerade abgekratzt hast.«

»Stimmt, da glitzert es silbern. Vielleicht ein Eurostück. Gib mir mal das Stöckchen, Ibi!« Carla bückt sich und kratzt an dem halben Pferdeapfel herum, bis sie ein silbernes rundes Etwas freigelegt hat. Unter einem Wasserhahn neben dem Stall wäscht sie es ganz sauber.

»Ein Geldstück ist das nicht. Guckt mal! Das ist so eine Art Amulett.«

»Merkwürdig«, sagt Tom. »Und was ist da für ein Symbol drauf?«

»Keine Ahnung«, murmelt Conny, »so etwas habe ich noch nie gesehen. Könnte ein Drache sein. Oder ein Pferd.«

»Ein Pferdedrache?«, schlägt Jo vor.

»Oder ein Drachenpferd?«, meint Tom.

»Ob das die Spur ist, nach der wir gesucht haben?«

»Glaube ich nicht«, sagt Conny traurig. »Das Teil hat bestimmt eines der Mädchen auf dem Reiterhof verloren.«

»Das lässt sich ja leicht rausfinden«, meint Jo. »Du musst nur diese ganzen Hühner fragen. Wo ein Wille ist, ist auch ein Weg!«

»Stimmt. Mal überlegen ... das sind Tini, Miri, Jenny, Nicki, Kati, Leonie, Aline, Meike, Esther, Nora und Sabine. Und natürlich die Reitlehrerinnen: Nadine, Nicole, Nadja und Babsi.«

»Sind die alle hier?«, fragt Tom.

»Wieso, denkst du, da ist eine für dich dabei?«

»Quatsch, Ibi! Aber wir können sie fragen, ob sie was verloren haben.«

»Die meisten sind schon hier, die anderen kann ich ja anrufen«, meint Conny.

»Prima!«, sagt Jo. »Dann checke ich das mit den Girls hier und du kannst die anderen mit meinem Handy anrufen.«

»Das könnte dir so passen«, sagt Tom. »Ich komme natürlich mit. Ich lass dich doch nicht mit den ganzen Mädels alleine.«

»Die tun mir jetzt schon Leid!«, ruft Ibi. »Euch beide kann man doch nicht alleine auf diese süßen Puppen loslassen. Die kriegen ja einen Schock fürs Leben. Lasst mich das lieber machen.«

»Vergiss es, Ibi!«

»Hey, Jungs«, sagt Carla genervt. »Jetzt geht schon zusammen los und macht keinen Quatsch. Hier geht's drum, wichtige Spuren zu sichern. Okay?«

»Alles klar, Chef!«, grinst Jo.

Jo, Tom und Ibi rennen mit dem Amulett los, um die Mädchen auf dem Hof zu fragen. Conny ruft die noch fehlenden Reiterinnen an. Nach einer Viertelstunde kommen die Jungen zurück.

»Keins von den Mädels hat ein Amulett oder Halskettchen verloren«, berichtet Jo. »Nur Leonie, die mit den süßen blonden Zöpfen, vermisst einen goldenen Ohrstecker. Und Tini, dieser Rothaarigen mit den niedlichen Sommersprossen, ist die neue Wendy geklaut worden, aber sie meinte, dass das bestimmt Sabine war, wie immer.«

»Hoffentlich habt ihr mich nicht total blamiert«, sagt Conny geknickt.

»Die schon«, sagt Ibi und zeigt auf Jo und Tom, »ich natürlich nicht.«

Tom streckt Ibi die Zunge raus und wendet sich an Conny.

»Was ist mit den anderen Mädchen?«

»Ich habe alle angerufen. Keine von ihnen hat etwas verloren.«

»Spitze!«, sagt Carla. »Das könnte also unsere erste Spur sein. Gut gemacht, Ibi!«

»Ich kann nix dafür, dass hier überall diese Äppel rumliegen.«

»Vielleicht hat aber auch irgendjemand, der kurz zu Besuch hier war, das Amulett verloren«, meint Tom.

»Könnte sein. Aber genauso gut könnte es der Dieb gewesen sein.«

»Wir müssen Kommissar Donnerstag Bescheid sagen.« Jo greift zum Handy.

»Einen Moment noch!« Conny rennt ins Reiterstübchen und kehrt mit einem Blatt Papier und einem Bleistift zurück. Sie legt das Blatt auf das Amulett und streicht mit dem Bleistift leicht darüber. Bald erscheint das Symbol klar und deutlich auf dem Papier.

»So haben wir eine Kopie des Symbols. Der Kommissar will das Beweisstück bestimmt behalten und dann stehen wir wieder mit leeren Händen da.«

»Clever wie immer, Conny«, sagt Tom. »Wäre doch gelacht, wenn wir nicht rausfinden würden, was dieser Pferdedrache bedeutet. Kommissar Donnerstag wird sich schwarz ärgern, dass er dieses Ding nicht selber gefunden hat.«

»Soll er doch!« Jo grinst und wählt die Nummer des Polizeipräsidiums.

6. DER DOLCH DER DRUIDEN

Kommissar Donnerstag fuchtelt aufgeregt an seiner Espressomaschine herum, als die Kinder in sein Büro treten.

»Hallo, Herr Donnerstag!«, sagt Carla höflich. Der Kommissar lässt vor Schreck einen Kaffeelöffel fallen.

»Carla! Ihr seid schon hier! Dann setzt euch mal. Ihr habt Neuigkeiten für mich? Dann schießt mal los. Aber erst einmal brauche ich einen Kaffee.«

»Haben Sie denn heute noch keinen getrunken?«, fragt Tom.

»Doch, schon neun Tassen. Aber ihr wisst ja, dass ich mich zurzeit um einen großen Museumsraub kümmern muss, und diese Sache geht mir einfach zu sehr auf die Nerven.« Der Kommissar drückt auf den Startknopf der Kaffeemaschine, die zischend loslegt und einen Espresso fabriziert, den der Kommissar in einem Schwung in sich hineinkippt.

»Schon besser. Um was geht's?«

Conny reicht dem Kommissar das Amulett.

»Das hier hat Ibi auf dem Reiterhof gefunden. Ganz in der Nähe von Sükürs Box.«

Der Kommissar nimmt das Schmuckstück vorsichtig in die Hand.

»Mmh, interessant. Warum haben meine Leute das nicht entdeckt?«

»Es war sehr gut versteckt. In einem Pferdeapfel.«

»In einem Pferdeapfel?«

»Na ja … Sie wissen schon. Diese Dinger, die bei den Pferden hinten rauskommen.«

»Pfui Deibel!« Der Kommissar schüttelt sich, betrachtet aber weiter das Amulett in seiner Hand. »Mmh,

wahrscheinlich gehört dieses Ding einem der Besucher des Reiterhofes.«

»Nö«, sagt Jo, »die Babes haben wir alle gecheckt.«

»Und möglicherweise liegt es schon monatelang am gleichen Fleck.«

»Der Pferdeapfel war aber ziemlich frisch. Das kann Ibi bezeugen.«

»Allerdings«, knurrt Ibi.

»Gut, ich werde das Teil in die Schublade mit Beweisstücken stecken.« Kommissar Donnerstag öffnet eine seiner Schreibtischschubladen und zuckt auf einmal zusammen, als hätte er in eine Steckdose gegriffen.

»Moment mal! Was ist denn das! Das kann ja wohl nicht wahr sein!«

Er starrt das Amulett mit weit aufgerissenen Augen an und wühlt dann hektisch in der Schreibtischschublade herum. Phantombilder, Stofffetzen, Handschellen, Pistolenkugeln und Kugelschreiber landen auf dem Schreibtisch. Schließlich hält er ein großes Schwarzweißfoto in den Händen.

»Das ist es! Guckt euch dieses Foto mal an!«

Carla nimmt die Fotografie in die Hand.

»Das ist ein Messer. Und zwar ein ziemlich großes.«

»Schaut noch genauer hin.«

»Es scheint schon ziemlich alt zu sein«, sagt Conny, »die Klinge ist schon ganz ausgefranst. Und es gibt Verzierungen auf dem Griff.«

»Hey!«, ruft Ibi. »Da ist ja dieser krasse Pferdedrache!«

»Genau«, sagt der Kommissar und drückt wieder auf den Startknopf der Kaffeemaschine. »Es ist das gleiche Symbol wie auf eurem Amulett.«

»Und was hat dieses Küchenmesser damit zu tun?«, fragt Tom.

»Das«, sagt der Kommissar und zeigt auf die Fotografie, »ist der Gegenstand, der aus dem Römisch-Germanischen Museum gestohlen wurde. Ein Ritualdolch der Druiden vom Stenzelberg.«

»Druiden? Kann man die essen?«

»Papperlapapp, Ibrahim. Das waren so eine Art Zauberer oder Priester, ein bisschen wie Miraculix in den Asterix-Heften. Sie haben vor Tausenden von Jahren gelebt. Und dieser Dolch ist wohl ein besonders wichtiges Druiden-Teil, so genau weiß ich das aber auch nicht.«

»Und was machen diese Druidentypen heute so?«

»Ibi, es gibt doch schon längst keine Druiden mehr.«

»Was bedeutet denn jetzt eigentlich dieses Symbol?«

»Keine Ahnung. Wichtig ist doch, dass das gleiche Symbol auf dem Amulett und auf dem Dolch ist. Das bedeutet, dass es höchstwahrscheinlich eine Verbindung zwischen dem Einbruch im Römisch-Germanischen Museum und dem Diebstahl von Connys Fohlen gibt.«

»Es waren also dieselben Diebe«, flüstert Carla.

»Könnte sein. Könnte aber auch nicht sein.«

»Mmh. Was unternehmen wir jetzt bloß?«, fragt Jo.

»Ihr unternehmt gar nichts«, sagt Kommissar Donnerstag streng. »Es ist gut, dass ihr das Amulett gefunden habt. Saubere Arbeit, Kokolores & Co., obwohl ihr das Teil ja unter unsauberen Umständen gefunden habt. Aber von jetzt an haltet ihr euch aus dieser Sache raus. Wahrscheinlich haben wir es mit international operierenden Gangstern zu tun, die sehr gefährlich sind. Deshalb haltet ihr die Füße still, während wir Profis von der Polizei unsere Arbeit machen. Verstanden?«

»Wir sind ja nicht taub«, brummt Jo.

»Also: Keine Detektivspielchen mehr!«

»Alles klar, Herr Kommissar«, sagt Carla. »Sie kennen uns doch. So was würden wir nie tun.«

Zum Glück kann der Kommissar nicht sehen, dass die Freunde ihre Finger hinter dem Rücken kreuzen.

7. DIE HEISERE STIMME

»Ich versteh das nicht«, sagt Carla, sobald die Freunde das Polizeipräsidium verlassen haben. »Was wollen die Diebe mit diesem ollen Dolch und einem kleinen Fohlen? Das ergibt überhaupt keinen Sinn.«

»Ich wette, dass das Symbol auf dem Amulett der Schlüssel ist«, murmelt Tom. »Wenn wir rausfinden könnten, was es bedeutet, wären wir einen echten Schritt weiter.«

»Schade, dass man keine Symbole im Internet eingeben kann«, sagt Conny.

»Ich weiß, wie wir's machen«, meint Jo. »Wir hängen einfach Zettel mit dem Symbol in der ganzen Stadt auf und fragen nach der Bedeutung. Da meldet sich bestimmt jemand.«

»Prima Idee, Jo!«, sagt Conny. »Wir können das im Büro meines Vaters machen. Da steht ein Fotokopierer.«

»Dann mal los!«

Ein paar Stunden später sind die Flugblätter fertig. Unter dem Symbol steht in Connys ordentlicher Handschrift: »Wer kennt dieses Symbol? Was bedeutet es? Bitte anrufen!« Daneben ist Jos Handynummer angegeben. Die Freunde rennen los, um die Zettel in der ganzen Stadt an Ampeln zu kleben und unter Scheibenwischer zu klemmen. Nach der Aktion treffen sie sich erschöpft an Ossi Rainowskis Büdchen wieder, um erst einmal ein Wassereis mit Kirschgeschmack zu lutschen.

»Tja, jetzt heißt es erst mal warten.« Carla springt auf und geht ungeduldig vor dem Kiosk auf und ab.

»Warten können gehört zu den wichtigsten Eigenschaften eines Detektivs, Carla«, sagt Jo. »In der Ruhe liegt die Kraft. Also: Abwarten und Tee trinken. Dumm-di-dumm-di-dumm-di-dumm …«

»Jo, du nervst.«

»Und du etwa nicht mit deiner Rumrennerei? Moment mal … mein Handy klingelt. Hallo, hier ist Johannes Künzel?«

Die anderen beobachten, wie Jos Augen immer größer werden, während er sein Handy ans Ohr presst.

»Aufgelegt«, flüstert er schließlich.

»Wer war da?«, zischt Carla. »Hat jemand wegen des Symbols angerufen?«

Jo nickt.

»Es war so eine komische, heisere Stimme. Sie hat keinen Namen genannt.«

»Aber was hat sie gesagt?«

»Ich versuche mich gerade genau zu erinnern. Also … das war ungefähr so: ›Ich warne euch!‹ Jo macht eine Stimme nach, die den Freunden eine Gänsehaut über den Rücken jagt. ›Mischt euch nicht in die Angelegenheiten der Druiden. Sonst wird es euch schlecht ergehen. Ich war einer von ihnen. Sie verfolgen mich noch immer. Sie kennen keine Gnade. Hütet euch vor den Priestern der Anderswelt!‹«

»Das war alles?«

Jo nickt. »Bevor ich nach dem Symbol fragen konnte, hatte dieser komische Freak schon aufgelegt.«

»Merkwürdig«, murmelt Conny, »es gibt doch gar keine Druiden mehr.«

»Vielleicht war's nur irgendein Spaßvogel«, überlegt Tom.

»Hörte sich aber nicht besonders spaßig an, der Typ. Eher wie so'n zahnloser Zombie mit Grippe, der … verdammt, das Handy klingelt schon wieder. Hallo, hier ist Johannes Künzel?«

Die Freunde halten den Atem an und starren gebannt auf Jo, der die Augen verdreht, sobald er hört, wer am anderen Ende ist.

»Ja, ist gut, Mama. Na klar, Mama. Ne, mach dir doch keine Sorgen, Mama. Nö, wir essen nur 'n bisschen Wassereis, Mama. Ja, logo, Mama. Tschüss, Mama.«

»Wer war das wohl?«, fragt Ibi.

»Ratet mal!«

»Deine Mama?«

»Stimmt! Ich soll sofort zum Abendessen nach Hause kommen. Und das soll ich euch von euren Eltern auch ausrichten.«

»Typisch Eltern«, knurrt Carla, »Abendessen ist angeblich wichtiger als Gangsterjagen.«

»Ja, die haben echt 'n Problem mit ihren Pirouetten«, knurrt Jo.

»Meinst du vielleicht Prioritäten?«, fragt Conny.

»Mir egal, auf jeden Fall nerven die tierisch rum.«

»Heute können wir doch sowieso nichts mehr machen, Jo. Morgen versuchen wir dann, so viel wie möglich über diese Druiden rauszufinden. Und von diesem Anrufer sagen wir besser nichts.«

»Da wären wir auch schön blöd.«

»Sollen wir nicht Kommissar Donnerstag Bescheid sagen?«

»Da wären wir ja noch blöder. Wir haben ihm gerade hoch und heilig versprochen, uns aus dem Fall rauszuhalten.«

»Also treffen wir uns morgen früh hier wieder?«

»Klaro, Conny. Verlass dich auf uns!«

8. KRASSE KELTEN

Pünktlich um neun treffen sich Conny, Carla, Ibi und Tom wieder vor Ossi Rainowskis Büdchen. Nur Jo kommt mit einer Viertelstunde Verspätung angeschlufft. Unter seinen Augen sind schwere schwarze Ringe.

»Guten Morgen, Graf Dracula«, ruft Tom, »wieder die ganze Nacht Playstation gezockt?«

Jo lässt sich müde auf die Stufen sinken.

»Ohne Fleiß kein Preis, Leute. Ich war die ganze Nacht im Internet und habe rumgeforscht.«

»Und? Was hast du rausgefunden?«

»Ich weiß jetzt alles über diese Druidentypen.«

»Dann lass mal hören, bevor du hier wegknackst.«

»Okay. Die Story spielt sich vor über zweitausend Jahren ab. Als Carlas Vorfahren, die Römer, hier angelatscht kamen, wohnten in dieser Gegend ziemlich krasse Gestalten, die Kelten.«

»Ich dachte, das waren die Germanen«, wirft Conny ein.

»Die gab's auch. Die haben wohl ziemlich kuddelmuddelmäßig mit- und nebeneinander gelebt. Und sich gerne gegenseitig auf die Glocke gehauen. Aber die Kelten waren wohl noch eine Ecke schräger drauf als die Germanen. Und die schrägsten Kelten waren die Druiden. So 'ne Art Priester oder Zauberer, die ein gewaltiges Brimborium veranstaltet haben. Leider beißen sich die Ar … die Ar … Arschigogen …«

»Archäologen.«

»Genau, Conny. Die Typen, die alte Knochen ausbuddeln. Die beißen sich an diesen Kelten die Zähne aus.«

»Waren die denn so zäh?«

»Das ist doch nur so ein Bild, Ibi.«

»Eine Metapher!«, sagt Conny stolz.

»Hä? Ist ja auch egal. Auf jeden Fall weiß man sehr wenig über diese Kelten. Und noch weniger über die Druiden. Weil sie nämlich nichts aufgeschrieben haben. Und zwar nicht, weil sie zu blöd dafür waren, sondern weil sie das uncool fanden.«

»Und was fanden sie cool?«, fragt Tom.

»Zum Beispiel sich nackt auszuziehen und dann den Römern eins auf die Nase zu geben.«

»Nackt?«

»Genau. Sogar im Winter.«

»Die müssen ja völlig zugedröhnt gewesen sein.«

»Stimmt. Sie haben vor jeder Schlacht ein Saufgelage abgehalten und sind dann nackt und wild schreiend losgezogen. Die Römer hatten ganz schön Bammel vor ihnen. Aber schließlich waren die Römer doch stärker. Ihr Chef Julius Cäsar, ein Typ mit einem gewaltigen Zinken im Gesicht, hat sich mit ein paar Germanenstämmen zusammengetan und so hatten die anderen Kelten und Germanen keine Chance mehr. Und so sind die Kelten und die Druiden von der Bildfläche verschwunden.«

»Und wie soll uns das alles helfen, meinen Sükür wieder zu finden?«, fragt Conny.

»Warte mal ab, Conny. Diese Arschigogen …«

»Archäologen.«

»Ja, diese Buddelbuddel-Forscher haben nämlich ein tolles Druidengrab entdeckt. Und zwar im Siebengebirge, das ist auf der anderen Rheinseite, gegenüber von Bonn. Jetzt machen sie sich vor Freude alle fast in die Hose, weil man so selten etwas Neues über diese Druiden herausfindet. Im Römisch-Germanischen

Museum wird der ganze ausgebuddelte Druidenkrempel gerade ausgestellt. Und von dort hat sich jemand diesen Dolch stibitzt.«

»Na klar, der ist bestimmt unglaublich wertvoll«, meint Tom.

»Überhaupt nicht. Das Ding ist aus Bronze, nicht mal aus Silber oder Gold. Wenn man es einschmilzt, ist es wahrscheinlich weniger wert als Ibis Turnschuhe. Und komplett verkaufen kann man das Teil auch nicht.«

»Wieso nicht?«

»Weil man es sofort wieder erkennen würde. Wenn jemand den Dolch kauft, weiß man natürlich, dass er ihn von den Dieben hat.«

»Also wollen die Diebe die Sachen selbst behalten«, überlegt Tom.

»Aber wozu sollte man so ein olles, stumpfes Küchenmesser benutzen? Und vor allem: Wer würde sich für so etwas interessieren?«

»Ist doch klar«, meint Conny, »die Druiden selbst natürlich. Sie haben sich nur genommen, was ihnen sowieso gehört.«

»Aber es gibt doch keine Druiden mehr, Conny.«

»Und wenn es doch noch welche gibt?«

»Wie soll das denn gehen? Meinst du, die haben sich einfrieren lassen und dann selbst wieder aufgetaut? Oder sich mit einem Zauberspruch in die heutige Zeit teleportiert?«

»Quatsch, Jo. Aber vielleicht sind es ja die Nachfahren der Druiden von damals. Vielleicht haben sie nur darauf gewartet, dass dieser Schatz wieder auftaucht, um aus ihren Löchern zu krabbeln.«

»Mmh, da könnte natürlich was dran sein. Es gibt wahrscheinlich nur einen, der das wissen könnte.« Jo kramt einen Zettel aus seiner Hosentasche.

»Professor Quast«, liest er vor, »Archäologe und Keltologe. Das ist der Kerl, der das Grab im Siebengebirge gefunden hat. Er ist der Supercrack in Sachen Druiden. Den könnten wir ja fragen, ob es wirklich noch welche gibt. Und er weiß bestimmt auch, was das Symbol auf dem Dolch bedeutet.«

»Und wo finden wir diesen Quastimann?«, fragt Tom.

»Er ist immer noch im Siebengebirge und buddelt weiter. Er hängt jeden Tag an diesem Druidengrab rum. Wenn wir das finden, finden wir auch den Professor.«

»Siebengebirge?«, fragt Ibi. »Ob das was bringt?«

»Es ist die einzige Spur, die wir haben«, meint Carla. »Und wenn es dieselben Diebe waren, die den Dolch und den kleinen Sükür gestohlen haben, dann ist die Spur sogar richtig heiß.«

»Wenn es wirklich die Druiden waren«, überlegt Tom, »was zum Teufel wollen die dann mit einem kleinen weißen Fohlen?«

»Keine Ahnung. Am besten fahren wir noch heute ins Siebengebirge und suchen diesen Professor Quast.«

»Unsere Eltern sind aber bestimmt nicht begeistert von der Idee«, sagt Conny.

»Das ist kein Problem«, meint Tom. »Wir können ja meinen Opa besuchen. Er wohnt in Oberdollendorf, das ist direkt im Siebengebirge. Er wird sich tierisch freuen, wenn ich ihm mal meine Freunde vorstelle. Gegen so einen Ausflug können die Eltern ja nichts haben, oder?«

»Auf keinen Fall! Von Druiden und Professoren müssen wir ja nichts erzählen.«

»Spitze«, meint Carla, »ein kleiner, netter Ausflug aufs Land, um Toms Opa eine Freude zu machen. Wir sind ja wirklich die absoluten Vorzeigekinder.«

9. TOMS OPA

Die Eltern von Carla, Jo, Ibi, Conny und Tom haben tatsächlich nichts dagegen, dass die Freunde Toms Großvater besuchen, der selbst von der Idee begeistert ist. Toms Vater bietet den Kindern sogar an, sie in seinem großen Auto hinzufahren und abends wieder abzuholen.

»Tom hat euch sicher schon erzählt, dass mein Schwiegervater einen kleinen Spleen hat«, sagt er auf der Fahrt ins Siebengebirge.

»Einen Spleen?«, fragt Ibi. »Was ist das denn für ein Haustier?«

»Das ist kein Haustier, sondern eine Marotte.«

»Eine Marotte? Was soll das schon wieder sein?«

»Das bedeutet, dass er eine liebenswürdige, kleine Macke hat.«

»Aha – und was für eine?«

»Das werdet ihr schon merken!«, grinst Tom.

Nach einer Fahrt durch putzige kleine Dörfchen am Rhein kommen die Freunde nach Oberdollendorf. Herr Pütz parkt vor einem kleinen Fachwerkhaus mit grünen Fensterläden. Toms Opa steht schon winkend vor der Tür. Auf die Freunde macht er einen ganz normalen Eindruck: Knollennase, rote Backen, Cordhose und ein typischer Opahut. Ein

Opa wie tausend andere. Im Haus warten Berge von Pflaumenkuchen auf die Kinder. Toms Vater trinkt noch eine Tasse Kaffee und verschwindet mit dem Versprechen, um sieben Uhr abends wieder da zu sein.

»Nehmt noch ein Stück Kuchen«, sagt Toms Opa, als er mit den Freunden alleine ist. »Ich hatte noch gar nicht die Gelegenheit, euch so richtig kennen zu lernen. Dabei hat Tom so viel von euch erzählt. Die Heldentaten von Kokolores & Co.!«

»Heldentaten ist wohl ein bisschen übertrieben«, sagt Jo höflich. »Wenn einer von uns ein Held ist, dann ist das Kokolores.«

»Euer Kater Kokolores! Wo steckt der eigentlich?«

»Hier in meiner Tasche«, sagt Carla. »Er liebt es nämlich, von mir durch die Gegend getragen zu werden.«

»Dann hol ihn mal raus, Carla. Ich habe doch extra noch etwas Thunfisch für ihn gekauft!«

»Okay.«

Carla holt Kokolores aus dem Rucksack, während Toms Opa in die Küche wackelt, um den Thunfisch zu holen.

»Dein Opa ist doch super«, flüstert Carla Tom zu, »was ist denn jetzt mit diesem komischen Spleen?«

»Wartet mal ab«, wispert Tom zurück, bevor sein Opa mit einem großen Teller aus der Küche zurückkommt. Kokolores bekommt riesige Augen, als er die extra große Spezialportion Thunfisch sieht, die der alte Mann mit etwas Petersilie angerichtet hat.

»Maaaaaauuuuuuuu!!!«

Eine halbe Minute später befindet sich nur noch die Petersilie auf dem Teller.

»Der Kleine hat aber einen gesunden Appetit!«

»Ich glaube, Sie haben gerade einen Freund fürs Leben gefunden«, sagt Carla und zeigt auf Kokolores, der sich auf dem altmodischen Ofen in der Zimmerecke zusammenrollt, um sein Verdauungsschläfchen zu beginnen.

»Ich mag eben Katzen. Sie sind ja angeblich die Einzigen, die mit … denen … kommunizieren können.«

»Denen? Wen meinen Sie denn mit denen?«

Toms Opa senkt die Stimme zu einem Flüstern.

»Mit den Außerirdischen. Man sagt, Katzen könnten ihre geheimen Signale empfangen!«

»Außerirdische?«

»Genau! Hier im Siebengebirge hat man schon oft welche gesehen. Ihr habt doch bestimmt davon gehört.«

»Eigentlich nicht.«

»Na klar. Sie wollen nicht, dass man von ihrer Existenz erfährt. Aber man weiß ja nie.«

Tom rollt mit den Augen und verzieht sein Gesicht in alle möglichen Richtungen, ohne dass sein Opa etwas davon mitbekommt.

»Ich könnte mir sogar vorstellen, wo sie ihre Zentrale haben«, flüstert der alte Mann und schaut den Freunden geheimnisvoll in die Augen.

»So? Wo denn?«, flüstert Jo zurück.

»In den Ofenkaulen. Ich habe ihre Lichtsignale mit eigenen Augen gesehen.«

»Ofenkaulen?«, fragt Ibi. »Was sind das denn für Dinger?«

»Das sind Höhlen, Ibrahim. Ein riesiges System von unterirdischen Gängen. In Königswinter wurde nämlich früher Stein für Brennöfen hergestellt, der in die ganze Welt verkauft wurde. Dazu hat man Tuff, eine ganz spezielle Steinsorte, unterirdisch abgebaut. Übrig geblieben sind die riesigen Höhlen. Ein perfektes Versteck für die da …« Toms Opa zeigt mit dem Finger zur Zimmerdecke.

»Au ja«, sagt Jo, »können wir die Aliens da vielleicht besuchen?«

»Wo denkst du hin, Johannes? Wenn sie da drin sind, haben sie sich natürlich abgeschottet. Außerdem sind die Ofenkaulen vor zwanzig Jahren geschlossen worden. Es leben eine Menge Fledermäuse da unten, die sollen ihre Ruhe haben. Und die Stollen können jederzeit einstürzen, es ist lebensgefährlich, sie zu betreten. Also sind sie ein perfektes Versteck für … ihr wisst schon, wen ich meine.«

»Ja, wissen wir Opa«, sagt Tom etwas genervt. »Wollen wir nicht nach diesem ganzen Kuchen einen Verdauungsspaziergang machen?«

»Eine tolle Idee, Tom! Ihr müsst unbedingt den Drachenfels besuchen! Und die Nibelungenhöhle, den Reptilienzoo, Schloss Drachenburg, vielleicht wollt ihr ja sogar mit einem Esel hochreiten. Und danach könnt ihr im schönen Königswinter ein Eis essen.«

»Au ja, das sind ja wirklich alles ganz tolle Ideen!«, ruft Carla.

»Ich hole euch eine Wanderkarte!« Toms Opa steht auf und verlässt das Wohnzimmer.

»Nichts wir raus hier«, wispert Carla den anderen zu, sobald er außer Hörweite ist, »und auf zum Druidengrab!«

10. PROFESSOR QUAST

Tom, der die Gegend ziemlich gut kennt, führt die Freunde aus Oberdollendorf hinaus und über verschlungene, steile Waldwege in das Herz des Siebengebirges. Die Sonnenstrahlen leuchten durch das Blätterdach, die Luft riecht angenehm nach Moos und Holz. Kokolores hüpft wie ein verspieltes Katzenbaby durch die Blumen am Wegrand, jagt Käfer und Schmetterlinge und niest wie ein kleines Kaninchen, wenn ihn ein Grashalm an der Nase kitzelt.

»Koko, sei nicht so kindisch«, knurrt Carla, »wir sind auf Verbrecherjagd. Streng dich mal an, das ist schließlich dein Spezialgebiet.«

Kokolores lässt ein besonders niedliches »Miau!« vom Stapel und streicht Carla verschmust um die Beine.

»So wird das nichts, Koko.«

»Mau?«

»Wusstet ihr eigentlich, dass der Name Siebengebirge nicht von der Zahl Sieben kommt, sondern von ›Siefen‹, was Täler bedeutet?«, fragt Conny.

»Wussten wir nicht, und ist uns auch egal«, brummt Ibi. »Gibt's hier eigentlich keine normalen Wege?«

»Was meinst du mit normal?«

»Na ja, so richtige Straßen mit Asphalt, Zebrastreifen, Ampeln, Autos und so weiter. Nicht so Matschtrampelpfade, die meine Tiger-Sneakers ruinieren.«

»Ibi, das ist ein Erholungsgebiet. Hier kommen Leute hin, um sich von dem, was du gerade beschrieben hast, zu erholen.«

»Versteh ich nicht. Und warum ist hier alles so steil?«

»Weil wir schließlich im Siebengebirge sind, Ibi, und nicht im Siebenflachland.«

»Keine Sorge«, meint Tom, »da vorne ist schon das Einkehrhäuschen. Dahinter ist der Stenzelberg. Wir haben es bald geschafft.«

Die Freunde lassen das kleine Wirtshaus links liegen und gelangen über einen dicht bewachsenen Waldweg zu einer hohen, senkrechten Felswand.

»Mann, das sieht ja aus wie bei Winnetou«, flüstert Jo.

»Hier am Stenzelberg war früher ein Steinbruch«, erklärt Tom. »Die Steine, die man hier rausgeschlagen hat, hat man für den Bau des Kölner Doms benutzt.«

»Ich höre was von da oben«, sagt Carla. »Klingt, wie wenn jemand auf Stein herumklopft.«

»Bestimmt Professor Quast und sein Team«, meint Conny.

»Aber diese krasse Wand komme ich nicht mal mit den Tiger-Sneakers rauf.«

»Keine Bange, Ibi. Man kann auch hintenrum gehen. Kommt!«

Tom zeigt den anderen einen versteckten Pfad, über den man auf die Rückseite des Steinbruchs gelangt. Nach einem steilen Aufstieg stehen die Freunde an der Oberkante der Felswand.

»Fallt bloß nicht runter!«, fiepst Conny.

»Keine Angst, Conny. Notfalls halten wir uns an dir fest.«

»Guckt mal, Leute, von hier aus sieht man sogar den Kölner Dom!« Ibi zeigt auf zwei kleine schwarze Dreiecke ganz hinten am Horizont.

»Da sieht man mal, wie groß der in Wirklichkeit ist«, meint Tom.

»Diese Aussicht ist wirklich unglaublich.«

»Quatsch, Aussicht«, brummt Carla, »wir wollen doch diesen verrückten Professor finden. Da hinten, das ist doch ein Zelt, oder?«

Die Freunde gehen vorsichtig auf das Zelt zu, das in einiger Entfernung unter den Bäumen steht. Schließlich erkennt man einen großen Mann mit einem Schlapphut, der vor dem Zelteingang steht und nachdenklich einen Gegenstand in seiner Hand betrachtet. Neben dem Zelt ist eine große Grube, in der drei jüngere Männer vorsichtig in der Erde graben.

»Der Schlapphutheini muss der Professor sein«, wispert Carla.

»Conny, das ist dein Einsatz!« Jo gibt Conny einen kleinen Stups nach vorne. Conny räuspert sich und streicht sich ein paar Strähnen aus dem Gesicht.

»Hallo!«, ruft sie freundlich. »Guten Tag! Hallo? Professor Quast?«

Der Mann mit dem Hut schaut verärgert auf. Erst jetzt können die Freunde sein Gesicht erkennen – es ist spitz und knochig, die Haut ist faltig wie zerknittertes Papier. Drahtige, lange weiße Barthaare kräuseln sich unter seinem Kinn.

»Der sieht aus wie ein Leguan mit Brille«, flüstert Jo.

»Ja, oder wie ein verhungerter Habicht«, wispert Tom.

»Oder wie 'ne Ziege mit Bauchschmerzen«, meint Ibi.

Auch Conny erschreckt sich vor dem unheimlichen Gesicht des Mannes, aber sie geht tapfer auf ihn zu.

»Guten Tag … sind Sie Professor Quast?«

»Wasss issst denn jetzzzt schon wieder?«, schnappt der Leguanmann und starrt Conny mit seinen kalten blauen Augen an. Sein Lispeln hört sich an wie das Zischen eines Python.

»Wir, äh …«

»Kann man hier nicht mehr in Ruhe arbeiten? Stören mich jetzzzt schon lausssige Kinder bei den Ausssgrabungen?«

»Wir hätten da nur ein paar klitzekleine Fragen für unsere Schülerzeitung Die Wäscheklammer, und …«

»Nichtsss da! Verschwindet!«

»Herr Professor Quast!« Jo macht einen Schritt nach vorne. »Wir würden gerne wissen, was dieses Symbol bedeutet.« Jo zieht einen der Zettel mit dem Symbol aus seiner Hosentasche und hält ihn dem Professor vor die Nase.

»Woher habt ihr dasss?«, zischt der Mann langsam und streckt seine knochigen Finger nach dem Papier aus.

»Woher wir das haben? Öh, also, das, ja, das haben wir, öhm, aus so 'nem alten Buch abgepaust.«

»Wasss für ein Buch?« Der Professor setzt Jo einen seiner dünnen Finger auf die Brust.

»Öhm, was für ein Buch? Ja, wie hieß es doch gleich? Öhm, ›Die sieben Druiden‹, genau, so hieß es!«

»Nonsssensss!«

»Doch! Wir schwören!«, schaltet sich Ibi ein.

»Ihr lügt! Und jetzzzt herausss mit der Wahrheit, sssonssst …«

»Herr Professor Quast!« Einer der jüngeren Männer, die in der Grube beschäftigt sind, winkt herüber. »Wir haben hier etwas entdeckt, das Sie sich mal anschauen sollten.«

Der Professor sieht die Kinder durchdringend an.

»Ich komme gleich zzzurück …« Er dreht sich um und steigt in die Grube hinunter.

»Und tschüss!«, flüstert Carla und rennt mit den anderen, so schnell sie kann, von der Ausgrabungsstelle weg.

11. FINN

»Was war das denn für eine Pappnase?«, flüstert Jo, als die Freunde außer Sichtweite sind.

»Dieser Horrorprofessor hat was mit der Sache zu tun. Da bin ich mir ganz sicher«, sagt Carla.

»Tja, nur weiß er jetzt, dass wir ihm auf der Spur sind. Wir waren ganz schön unvernünftig, ihm das Symbol direkt unter die Nase zu halten.«

»Was hättest du denn gemacht, Conny?«

»Tja, ich weiß auch nicht genau, ich hätte wohl … psst! Da ruft jemand nach uns!«

Nur ein paar Meter von den Freunden entfernt raschelt es im Gebüsch.

»Hallo! Hallo, seid ihr hier irgendwo?« Es ist die gleiche Stimme, die den Professor in die Grube gerufen hatte. »Hallo! Hey, Leute, vor mir müsst ihr keine Angst haben. Mich schickt nicht der Professor.«

»Das ist eine Falle«, murmelt Conny. Im gleichen Augenblick legt sich eine Hand auf ihre Schulter. Conny schreit wie ein Schimpanse, der sich auf ein heißes Bügeleisen gesetzt hat.

»Psst!« Ein junger Kerl mit langen Haaren und einer ausgefransten Jeans tritt aus den Büschen und hält einen Finger vor den Mund. »Nicht schreien! Ich habe dem Professor gesagt, dass ich unten im Einkehrhäuschen Cola hole. Also verpfeift mich nicht!«

»Ey, was willst du? Lass Conny wieder los, sonst machen wir Schaschlik aus dir!« Ibi geht in Karatestellung.

Der Junge lächelt und hält beide Hände über seinen Kopf.

»Ich ergebe mich freiwillig. Aber ich dachte, dass ihr eigentlich was wissen wollt. So habe ich das eben jedenfalls mitbekommen. Ach ja, ich heiße übrigens Finn. Ich studiere Archäologie und helfe Professor Quast oben bei den Ausgrabungen.«

»Sollen wir ihm vertrauen?«, wispert Conny.

»Ich finde schon«, flüstert Carla zurück, »macht doch einen ganz netten Eindruck.«

»Das freut mich aber«, sagt der junge Mann. »Darf ich die Hände jetzt wieder runternehmen?«

»Na gut«, knurrt Ibi.

»Was wollt ihr denn so dringend wissen?«

Jo hält ihm den Zettel mit dem Symbol unter die Nase.

»Wir würden gerne wissen, was dieses Symbol bedeutet.«

»Oh!« Der Junge macht große Augen und schaut sich misstrauisch um. »Okay, ich kann euch etwas dazu sagen. Aber hier können wir nicht frei sprechen. Kommt mit!«

Finn führt die Freunde über schmale Waldwege. Nach einer Weile hält er an, sieht sich kurz um und schleicht sich wie ein Puma durch das dichte Gebüsch am Wegrand. Die Freunde folgen ihm schweigend, bis sie zu einer kleinen Lichtung gelangen, auf der ein paar kleinere Felsblöcke im Kreis stehen.

»Setzt euch ruhig«, flüstert Finn.

Die Freunde setzen sich auf die grauen Steine.

»Gut, wenn ihr wollt, dass ich euch etwas über das Symbol der Epona erzähle, müsst ihr mir zuerst sagen, woher ihr es kennt.«

»Das Symbol der was?«

»Der Epona. Der Pferdegöttin der Kelten. Ihr habt es mir doch gerade selbst gezeigt.«

»Wir hatten keine Ahnung, was es bedeutet … wir haben … also ich weiß nicht …« Conny schaut die anderen unsicher an.

»Also gut …« Carla erzählt Finn so schnell wie möglich alles über das verschwundene Fohlen Sükür, das gefundene Amulett und den gestohlenen Dolch.

»Das alles macht mir große Sorgen«, murmelt Finn schließlich. »Sie haben irgendetwas vor.«

»Wer?«, fragt Tom.

»Na, die Druiden natürlich.«

»Also gibt es sie wirklich!«

Finn nickt.

»Wenn ihr hier und jetzt schwört, niemandem etwas zu verraten, dann erzähle ich euch vom Geheimbund der Druiden.«

»Na und ob wir schwören!«, ruft Jo.

»Gut«, murmelt Finn und beginnt seine Erzählung.

12. DER GEHEIMBUND DER DRUIDEN

»Die Kelten waren schon immer mein Spezialgebiet. Deshalb habe ich mir fast ein Bein abgefreut, als Professor Quast, der berühmteste Keltenforscher Deutschlands, mich gefragt hat, ob ich ihm bei den Ausgrabungen im Siebengebirge helfen würde. Ich habe natürlich sofort zugesagt. Nach ein paar Wochen haben wir dann eine sensationelle Entdeckung gemacht: ein unglaublich gut erhaltenes Druidengrab. Und ob es Zufall war oder nicht: Zur gleichen Zeit kontaktierte mich der Geheimbund der Druiden, von dem ich vorher noch nie gehört hatte.«

»Wie haben sie das denn gemacht?«, fragt Tom.

»Man hat mir eine Reihe von geheimen Botschaften zukommen lassen. Botschaften, die nur jemand, der sich mit der Kultur der Kelten gut auskennt, verstehen konnte. Mir wurden Aufgaben gestellt, die ich lösen musste. Offenbar habe ich alles geschafft, denn irgendwann wurde ich zu einer Versammlung eingeladen. Das war genau hier, in diesem Steinkreis, in dem wir jetzt sitzen.«

»Und? Was waren diese Druiden für Typen?«

»Ich weiß es nicht. Es war Mitternacht, überall flatterten Fledermäuse herum und die Druiden trugen schwarze Gewänder und Masken oder Kapuzen. Offenbar wissen nicht einmal die Druiden selbst, wer alles hinter den Masken steckt. Sie haben im echten Leben ja alle normale Jobs: Straßenbahnfahrer, Zahnarzt oder Lehrer.«

»Oder Professor«, brummt Jo.

»Möglicherweise.« Finn zuckt mit den Schultern. »Auf jeden Fall sind ihre Zusammenkünfte streng geheim. In jener Nacht haben sie mir erzählt, dass sie die Nachfahren der Druiden Eponas wären. Epona – die große Königin der Unterwelt. Manche nennen sie auch Macha oder Edain oder sogar Rhiannon, die Urgöttin. Sie ist eine besonders rätselhafte Gottheit, die manchmal die Gestalt einer schönen, jungen Frau und manchmal die eines weißen Pferdes annimmt.«

»Ein weißes Pferd!«, ruft Conny. »Mein Sükür ist auch weiß!«

»Mmh ... das verstehe ich nicht«, murmelt Finn. »Wieso sollten die Druiden dein Pferd stehlen?«

»Wenn wir das selber wüssten, wären wir froh.«

»Auf jeden Fall war Epona in dieser Gegend eine der wichtigsten Göttinnen – die Druiden glaubten nämlich, dass Epona selbst hier im Siebengebirge lebte. Sie war gleichzeitig eine Druidin und eine Göttin. Und jetzt dürft ihr raten, wessen Grab wir auf dem Stenzelberg entdeckt haben.«

»Das Grab der Epona!«

»Genau. Die Druiden sind sehr aufgeregt über diese Entdeckung – denn jetzt glauben sie, dass Epona selbst wieder auftauchen wird und die Druiden die Macht, die sie bei der Invasion der Römer vor zweitausend Jahren verloren haben, zurückerhalten werden.«

»Ich glaube, das ist der größte Stuss, den ich je gehört habe«, meint Jo.

»Das habe ich auch zuerst gedacht. Aber die Druiden denken anders als wir. Die Kelten glaubten nämlich an eine Anderswelt, eine Welt der Träume und Götter, die genauso real ist wie die Welt, in der wir leben. Und weil sie so fest an die Anderswelt glaubten, hatten die Kelten auch keine Angst vor dem Tod – sie lebten ja in der Anderswelt weiter. Und diese Leute, die sich die Nachfahren der Druiden nennen, glauben ganz fest an die Anderswelt.«

»Aber du doch wohl nicht, Finn?«, fragt Ibi.

»Doch! Natürlich gibt es die Anderswelt. Nur weil die meisten Leute heutzutage nicht mehr daran glauben, heißt es nicht, dass sie nicht mehr existiert. Spürt ihr nicht an einem Ort wie diesem etwas, das nicht von dieser Welt ist? So etwas wie den Atem des Universums – das Ende und den Anfang der Zeit?«

»Öhöm … du hast gesagt, dass die Druiden bald etwas vorhaben«, sagt Conny, um Finn wieder auf die Erde zurückzuholen.

»Ja, stimmt. Es ist ein Ritual. In zwei Tagen, am ersten August, ist das heilige keltische Fest Lughnasadh. Ich vermute, dass sie dann ein Ritual durchführen, um die

Göttin Epona zu beschwören. Für dieses Ritual fehlte bis jetzt ein heiliger Gegenstand, der vor zweitausend Jahren verloren ging.«

»Der Dolch, den man aus dem Museum gemopst hat!«, ruft Jo.

»Ja, das kann sein. Das könnte erklären, warum er gestohlen wurde.«

»Aber was für ein Ritual kann das wohl sein?«, fragt Carla.

»Nun«, überlegt Finn, »so, wie ich die keltische Kultur kenne, wird es wohl ein Opferritual sein.«

»Ein Opferritual?« Conny ist auf einmal bleich wie eine Scheibe holländischer Käse und muss sich an Jos Arm klammern, um nicht umzukippen. »Dann weiß ich, warum sie meinen Sükür gestohlen haben!«

13. Jungle Fever

»Conny, was ist denn? Geht's dir nicht gut?«

Conny kann sich nicht mehr auf den Beinen halten. Sie sackt auf die Erde, lehnt sich gegen einen der Felsblöcke und sagt gar nichts mehr.

»Conny! Hey, Conny! Was ist los?«

Connys Augen beginnen zu flattern und ihr Kopf sinkt auf die Seite.

»Sie ist ohnmächtig! Wir müssen was tun!« Carla rennt wie ein kopfloses Huhn zwischen den Felsbrocken herum. »Jo, ruf sofort einen Krankenwagen! Oder einen Hubschrauber! Finn, tu doch auch was!«

Finn steht steif in der Gegend herum und weiß nicht, was er machen soll.

»Ey, Leute, schiebt mal keine Panik«, sagt Ibi ganz ruhig und kramt ein kleines Sprühfläschchen aus der Tasche seiner Jeansjacke hervor. Er schraubt es auf, sprüht sich ein paar Stöße auf den Handrücken und hält ihn Conny ganz dicht unter die Nase. Conny schnuppert und schlägt plötzlich die Augen auf.

»Iiih! Was ist das denn?«

»Jungle Fever for Men«, grinst Ibi, »krasses Parfümpröbchen.«

»Conny, du lebst!«, ruft Jo und drückt ihr einen Kuss auf die Wange.

»Ja, ja, schon gut, Jo«, sagt Conny, während ihre Gesichtsfarbe von Schneeweiß nach Rosenrot wechselt.

»Ist alles in Ordnung?«, fragt Finn. »Soll ich nicht doch einen Arzt rufen?«

»Nein, nein, schon gut.« Conny zieht sich an Jos Arm wieder nach oben. »Ich musste mir nur gerade vorstellen, was diese Druiden mit dem kleinen Sükür machen wollen, und da …«

»Conny, jetzt kipp nicht schon wieder um«, sagt Carla, »erklär uns lieber mal, was los ist!«

Conny atmet tief ein und wischt sich ein paar Tränen aus den Augenwinkeln.

»Na gut. Dann zählt doch mal eins und eins zusammen.«

»Macht zwei!«

»Das ist nicht witzig, Ibi. Überlegt mal: Die Druiden wollen ein Ritual abhalten, um ihre Göttin Epona zu rufen. Dafür brauchen sie diesen Dolch. Den Opferdolch. Außerdem haben sie ein kleines weißes Pferd gestohlen. Was machen sie wohl mit dem Dolch und dem kleinen Pferd?«

»Conny …« Plötzlich nimmt Carlas Gesicht die Farbe von Schmierkäse an. »Conny, du glaubst doch nicht wirklich, dass … dass diese Druiden Sükür opfern wollen!«

Conny nickt mit zusammengepressten Lippen.

»Sie wollen Sükür töten. Und zwar übermorgen.«

»So was würden die doch niemals tun, oder Finn?«, fragt Tom.

Finn guckt verlegen auf den Boden.

»Es tut mir Leid, Leute. Ich glaube, Conny hat Recht. Es kann wirklich sein, dass die Druiden vorhaben, ein Opferritual abzuhalten. Und dabei wird normalerweise, na ja, geopfert. In dieser Nacht, als ich in ihren Kreis aufgenommen werden sollte, sollte ein Rabe geopfert werden. Der Rabe ist der Vermittler zwischen unserer Welt und der Anderswelt.«

Jo ballt die Fäuste zusammen.

»Das darf nicht passieren! Das werden wir niemals zulassen! Wo finden wir diese abgefaulten Hexenmeister? Wir werden ihnen schon zeigen, wohin sie sich ihr Ritual stecken können, diese fiesen Pferdekiller! Und ich wette, der feine Professor Quast ist ihr Anführer!«

»Ich weiß nicht, wo ihr sie findet, Jo«, sagt Finn ruhig. »Und dass Professor Quast einer der Druiden ist, kann ich mir nicht vorstellen.«

»Pah!«

»Und selbst wenn ich es wüsste, wo ihr die Druiden finden könnt, würde ich es euch nicht sagen. Diese Leute sind gefährlich. Sie leben nicht mehr ganz in dieser Welt.«

»Das ist uns egal!«, ruft Tom. »Ob in dieser Welt oder in einer anderen, wir werden sie finden und Sükür befreien.«

Finn schüttelt traurig den Kopf.

»Diese Menschen haben mehr Macht, als ihr euch vorstellen könnt. Auch ich muss vor ihnen fliehen.«

Carla schaut Finn plötzlich mit zusammengekniffenen Augen an.

»Finn?«

»Ja?«

»Warum bist du eigentlich keiner dieser Druiden geworden?«

»Ich … ich habe die letzte Prüfung nicht bestanden. Das Opfer. Ich konnte diesen Raben einfach nicht umbringen. Und jetzt werde ich mein Leben lang von ihnen geächtet werden.«

»Finn!« Carla stampft mit einem Bein auf die Erde. »Du kannst uns jetzt nicht alleine lassen! Du steckst mit in dieser Sache. Man kann nicht immer nur weglaufen!«

»Es tut mir Leid. Diese Druiden sind zu gefährlich … ich muss jetzt zurück zu Professor Quast. Und vergesst nicht, dass ihr geschworen habt, niemandem etwas zu verraten. Auch mein Leben hängt davon ab. Ich wünsche euch viel Glück.«

Finn dreht sich um und geht langsam durch den Wald davon.

»Finn!!!«, schreit Carla, aber der Junge dreht sich nicht mehr um und wird bald vom dichten Unterholz verschluckt.

14. ALBA

»Der wird uns nicht helfen«, murmelt Conny, »jetzt sind wir auf uns allein gestellt.«

»Ich hab's gewusst«, sagt Jo, »das ist doch 'n Arschigoge.«

»Und jetzt? Was sollen wir tun? Sollen wir nicht doch Kommissar Donner …«

»Hey!«, ruft Carla plötzlich. »Da kommt jemand!«

»Und zwar mit ziemlichem Getöse«, sagt Tom. »Vielleicht sind's die Druiden! Geht lieber in Deckung!«

Die Freunde schlagen sich in die Büsche. Ein paar Sekunden später kracht eine große weiße Stute durch das Unterholz und läuft auf die Lichtung. Das Mädchen, das auf dem Pferd sitzt, hat alle Mühe, es zu kontrollieren.

»Alba! Was ist denn mit dir? Du bist doch sonst so brav. Alba!«

Die weiße Stute wiehert und bäumt sich mit schlagenden Vorderhufen auf. Dann dreht sie sich auf den Hinterbeinen um und trabt tiefer in den Wald hinein. Die Reiterin zerrt am Zügel und versucht, die Stute zurück auf den Waldweg zu bringen, aber das Pferd läuft einfach weiter.

»Was meint ihr?«, flüstert Tom, der sich hinter einem Brombeerbusch versteckt hat.

»Das Pferd ist mit ihr durchgegangen. Vielleicht braucht sie Hilfe. Wir müssen ihr folgen!«, wispert Conny. Sie rennt los, und die anderen folgen ihr. Die dichten Ranken und Dornen zerkratzen den Freunden die Beine und mehr als einmal stolpern sie über eine Wurzel. Aber sie lassen das weiße Pferd nicht aus den Augen. Unter einer großen Buche bleibt es plötzlich stehen und geht mit gesenktem Kopf ein paar Schritte rückwärts. Keuchend kommen die Freunde näher.

»Hallo!«, ruft Carla. »Bitte nicht erschrecken!«

Das Mädchen auf dem Pferd zuckt zusammen und dreht sich ruckartig um, wobei ihre blonden Zöpfe ihr um die Ohren fliegen.

»Was wollt ihr? Habt ihr Alba etwa so erschreckt?«

»Nein, ganz bestimmt nicht«, sagt Conny und geht vorsichtig näher. »Ich habe selber ein Pferd. Oder besser: Ich hatte mal eins. Wir haben dich gesehen und sind dir hinterhergelaufen, weil wir dachten, dass du vielleicht Hilfe brauchst.«

»Ach so.« Das Mädchen scheint sich etwas zu beruhigen. »Ich wusste wirklich nicht mehr, was ich machen sollte. Alba ist einfach mit mir durchgegangen, dabei ist sie sonst so sanft wie ein Lämmchen. Ich verstehe das wirklich nicht. Ich habe gerade einen Ausritt mit meinen Freundinnen gemacht, als sie plötzlich ohne jeden Grund in den Wald gelaufen ist.«

»Sie zittert ja!« Conny stellt sich vor die Stute und streicht ihr beruhigend über die Nüstern.

»Ja, sie ist irgendwie ganz aufgedreht.«

»Vielleicht hat sie Angst?«

»Wovor soll sie denn Angst haben? Wir sind doch schon tausendmal zusammen durchs Siebengebirge geritten und sie hatte noch nie Angst vor irgendetwas.«

Die Stute schnaubt leise und geht noch ein paar Schritte zurück.

»Sieht aus, als hätte sie vor irgendetwas Angst, was da vorne ist«, sagt Conny und zeigt auf die dichten Dornenbüsche, die hinter der großen Buche wuchern.

»Aber da ist doch nichts«, sagt das blonde Mädchen. »Oder gibt es jetzt plötzlich Wölfe im Siebengebirge?«

»Wer weiß«, brummt Jo. »Wölfe oder sogar was Schlimmeres.«

»Anke! Aaaaaanke!!!« Eine schrille Stimme weht zu den Freunden herüber.

»Das ist meine Freundin«, sagt das Mädchen, »die macht sich sicher tierische Sorgen.« Sie ruft, so laut sie kann, zurück:

»Suuuusiiii! Ich bin hiiiiiiieeerrrr! Ich komme jetzt! Es ist alles in Ooooordnung!«

»Alba ist schon etwas ruhiger«, sagt Conny, die die Stute immer noch sanft streichelt. »Sie ist wirklich ein schönes Pferd. Sie sieht so ähnlich aus wie das Pferd, das ich selber hatte.«

»Was ist denn mit deinem Pferd passiert?«

»Es ist gestohlen worden«, sagt Conny und muss wieder die Zähne zusammenbeißen, um nicht direkt loszuweinen.

»Gestohlen? Ich dachte, so was gibt's nur im wilden Westen.«

»Das dachten wir auch«, sagt Tom grimmig.

»Aaaaaaaankeeeeeee!«

»Ich koooooommeeeeeee! ... Tut mir Leid, Leute, ich muss zurück. Ich glaube, Albas Anfall ist jetzt vorbei. Vielleicht kriegt sie ja zu viel Kraftfutter oder so. Ich muss den Tierarzt mal danach fragen. Also, danke, dass ihr mir geholfen habt. Tschüssi!«

Anke führt die Stute, die sich jetzt ganz leicht lenken lässt, im langsamen Schritt durch den Wald zurück zum Reitweg.

»Das könnte fast Sükürs große Schwester sein«, flüstert Conny.

»Warum ist sie bloß hierhin gerannt?«, fragt Carla.

»Da vorne ist irgendwas«, sagt Jo und zeigt auf die Dornbüsche, »und wir finden jetzt raus, was es ist.« Er geht entschlossen auf die große Buche zu.

»Nicht Jo!«, ruft Conny. »Da muss etwas Schlimmes sein. Das ist zu gefährlich!«

»Für mich doch nicht, Puppe.« Jo verschwindet hinter dem dicken Baumstamm.

15. FLATTERWESEN

Nach einer Weile taucht Jos Kopf wieder auf.

»Leute, kommt mal gucken! Hier ist irgendwas.«

»Was denn?«

»Mach dir nicht in die Hose, Tom. Es kann nicht beißen, es ist nämlich aus Stein.«

Vorsichtig gehen Carla, Conny, Ibi und Tom zu Jo, der wie ein Wilder an den Dornenranken unter der Buche herumrupft.

»Helft mir mal. Irgendwas ist hier zugewachsen!«

Ibi und Tom helfen Jo, das dichte Gestrüpp beiseite zu zerren. Nach und nach legen sie ein gemauertes Häuschen frei, das ungefähr so groß ist wie ein Kühlschrank. Auf einer Seite ist eine Gittertür, ringsum sind faustgroße Löcher in die Mauer eingelassen.

»Was ist das denn für'n Ding?«, murmelt Tom.

»Auf jeden Fall hatte das Pferd eben Bammel vor diesem Hexenhäuschen«, sagt Jo.

»Ich find's auch unheimlich«, meint Ibi. »Ich spüre irgendwas Komisches.«

»Ja, ich auch«, murmelt Carla.

»Es ist kalt!«, ruft Conny. »Das ist es. Das Ding verströmt Kälte.«

»Vielleicht ist es der Kühlschrank, in dem der Drache vom Drachenfels seine Jungfrauen frisch gehalten hat, bis er sie dann gefressen hat.«

»Glaub ich nicht, Jo«, sagt Tom. »Guck doch mal – hinter der Gittertür geht es noch weiter. Das Ding muss so eine Art Eingang sein. Aber alles ist pechschwarz. Hat einer von euch eine Taschenlampe dabei?«

Die anderen schütteln die Köpfe. Plötzlich ertönt ein klägliches Miauen aus Carlas Rucksack.

»Kokolores! Den hatte ich ja fast vergessen. Den ganzen Tag pennt er schon im Rucksack. Ist gut Kleiner, hör auf, so rumzustrampeln.« Carla hievt ihren Kater aus dem Rucksack und setzt ihn vorsichtig auf die Erde.

»Was ist denn, Koko? Hast du schon wieder Hunger, oder …«

Kokolores streckt sich von vorne bis hinten, schleudert ein lautes »Mau!« in Richtung Carla und rast dann ohne sich umzublicken durch die Gittertür in das Steinhäuschen, wo er sofort in der Dunkelheit verschwindet.

»Was ist denn mit dem los?«, murmelt Carla. »Koko! Komm sofort zurück! Komm her, du Biest!«

Die Dunkelheit hinter dem Gitter gähnt die Freunde an, von Kokolores ist nichts zu sehen oder zu hören.

»Was soll denn das?«, meckert Carla. »Immer muss Koko so einen Quatsch machen. Kann der nicht einmal was Vernünftiges tun?«

»Sag das nicht, Carla.« Tom kniet sich vor die Gittertür und starrt in die Finsternis. »Du weißt doch, dass Kokolores diesen Instinkt hat. Diese Spürnase für Verbrecher. Dieses Gefühl für Abenteuer.«

»Du meinst, Koko ist mal losgezogen, um die Druiden alleine zu schnappen?«

»Kann schon sein. Aus Koko wird ja keiner richtig schlau. Auf Tiere hat dieser komische Kasten allerdings eine besondere Wirkung.«

Carla rüttelt wütend an den rostigen Gitterstäben.

»Koko! Jetzt reicht's! Komm sofort zurück!«

Plötzlich kommen Geräusche aus der Finsternis – ein wütendes Fauchen, das ohne Zweifel von Kokolores stammt, und ein hohes Fiepen und schnelles Flattern.

»Da drin ist irgendwas …« Carla presst ihr Gesicht zwischen die Gitterstäbe. »Was kann das nur sein … nein … was ist denn jetzt los … AAAAAAAHHH-HHH!!!!!«

Rund um Carla ist die Luft plötzlich von Flügeln und Fell und Krallen erfüllt. Carla schlägt mit den Armen um sich und schreit aus Leibeskräften.

»Was ist das bloß …«, wispert Tom.

»Fledermäuse!«, ruft Jo. »Hunderte von Fledermäusen!«

»Schmeißt euch auf die Erde!« Tom geht hinter der Buche in Deckung.

»IIIIIIHHHHHHHHHHIIIIIIHHHHHHIIIIIIII!!!« Conny kreischt auf einmal noch lauter als Carla. »Die setzen sich in meine Haare! Die setzen sich in meine Haare! DIE SETZEN SICH IN MEINE HAAAA-AAAAREEEEEEE!!!«

Jo stellt sich neben Conny und versucht, die Fledermäuse zu verscheuchen, indem er mit seiner Kappe herumwedelt.

Der Einzige, der sich nicht besonders aufregt, ist Ibi.

»Hey, Leute, das sind doch nur winzig kleine Flattermäuschen. Kein Grund, hier die fette Panik zu schieben.« Er lehnt lässig an einem Baumstamm, während ihm die Fledermäuse wie ein Mückenschwarm um den Kopf tanzen.

»Solange mir die Biester nicht auf die Klamotten kacken, sind die mir total egal. Guckt doch mal, wie süß die aussehen.«

»Süß???« Connys Stimme ist jetzt beinahe höher als das Fiepen der Fledermäuse. »Süß nennst du die? Das sind Ratten mit Flügeln! Ratten mit Flügeln, die sich IN MEINE HAARE SETZEN!!!«

»Stimmt«, meint Ibi, »da hängen schon mindestens zehn Stück drin.«

»IIIIIHHHHHHH! WO, IBI, WO? NIMM DIE SOFORT DA WEG!!!«

»War nur'n Witz, Conny. Außerdem machen die Fledermäuse sowieso gerade die Fliege.«

Das Flattern rund um die Kinder wird immer schwächer, die Fledermäuse fliegen in alle Richtungen davon und bald ist der ganze Spuk vorbei.

»Die armen Dinger«, sagt Ibi, »wir haben sie beim Mittagsschlaf gestört. Jetzt flattern die völlig verpeilt durch die Gegend. Die kommen normalerweise doch erst abends raus.«

»Wir haben sie ja auch nicht darum gebeten«, sagt Conny eingeschnappt und streicht sich vorsichtig die Haare glatt.

Auch Carla hat sich wieder beruhigt und tut jetzt so, als hätte sie überhaupt keine Angst gehabt.

»Stimmt, Ibi. Die waren ja wirklich ganz niedlich. Und jetzt wissen wir auch, was dieser Kasten da ist.«

»'ne Fledermausdisko?«

»So ähnlich, Jo. Toms Opa hatte uns doch von diesen unterirdischen Gängen erzählt, die voller Fledermäuse sind.«

»Die Ofenkaulen. Wo angeblich die Aliens hausen …«

»Stimmt. Und das hier muss einer der Eingänge dazu sein.«

»Könnte sein, Carla. Aber jetzt gehen wir besser mal zurück, es ist ja schon nach fünf …«

»Vergiss es, Tom! Ohne Kokolores gehe ich keinen Schritt.«

»Vielleicht kommt er jetzt wieder raus«, meint Ibi, »er hat ja seinen Spaß mit den Fledermäusen gehabt.«

»Wollen wir's hoffen«, brummt Carla. »Koko! Kokolores! Jetzt ist Schluss mit lustig, komm da raus.«

Die Freunde warten ein paar Minuten, aber Kokolores bleibt verschwunden.

»Ich hab's geahnt«, sagt Carla, »Koko spielt mal wieder eins seiner Lieblingsspielchen. Ich geh ihn jetzt holen.«

»Was?«, ruft Conny. »Du kannst doch nicht da reingehen, Carla!«

Aber Carla rüttelt schon an der Gittertür, und nach ein paar Sekunden öffnet sie sich mit einem Quietschen, das den Freunden wie ein Blitz aus Eis in die Knochen fährt.

»Bis gleich«, sagt Carla lässig. »Ich bin in ein paar Minuten mit Koko wieder da.«

»Carla, nicht …«

Carla macht ein paar Schritte, und schon hat die Dunkelheit sie verschluckt.

16. In der Finsternis

Nach wenigen Sekunden sieht Carla überhaupt nichts mehr. Die Dunkelheit um sie herum ist so absolut, dass sie die Augen genauso gut schließen könnte, es würde überhaupt keinen Unterschied machen. Direkt nach dem Höhleneingang ist sie auf eine Wand gestoßen und rechts daran vorbeigegangen. Oder war es links? Und wo ist sie denn jetzt überhaupt? Wo ist vorne, wo ist hinten? Und wo ist eigentlich oben, wo ist unten? Carla spürt, wie Panik in ihr aufsteigt. Ruhig Blut, ermahnt sie sich selbst. Ich bin erst ein paar Schritte gegangen. Ich werde jetzt Kokolores holen und dann ganz ruhig zurückgehen.

»Kokolores! Koko, bist du da irgendwo?« Es ist, als würde selbst ihre Stimme von der Finsternis verschluckt. Aus der Schwärze kommt keine Antwort. Oder doch?

»Carla!«, ertönt es plötzlich hinter ihr. Sie zuckt zusammen. Fast hätte sie Ibis Stimme nicht erkannt. Aber jetzt strömt ein Gefühl der Wärme und Dankbarkeit durch sie hindurch. Ihre Freunde lassen sie in dieser Finsternis nicht allein.

»Hier bin ich, Ibi.«

»Wo, hier?«

»Na, hier!«

»Da?«

»Nein, hier!«

Carla kann hören, dass die anderen ganz in ihrer Nähe sind, aber sie könnte noch nicht einmal sagen, aus welcher Richtung die Stimmen und das unsichere Tasten der Füße auf Stein kommt.

»Habt ihr kein Feuerzeug oder so was?«

»Nö«, kommt die Antwort aus der Dunkelheit.

»Hey, ich hab 'ne Idee!« Das ist Jos Stimme. »Mein Handy ...« Jo hält sein Handy in die Höhe und schaltet es an. Das Display leuchtet grün wie ein Glühwürmchen. Es erleuchtet zwar nicht die Umgebung, aber immerhin kann Carla jetzt sehen, in welcher Richtung sich die anderen befinden.

»Okay! Ich kann's sehen. Bleibt einfach, wo ihr seid.« Vorsichtig geht Carla weiter. In dieser Dunkelheit weiß sie nicht einmal, ob sie vielleicht wie eine Spinne an der Decke läuft. Jedes Gefühl der Orientierung ist verschwunden.

»Jetzt sind's nur noch ein paar Schritte ... gleich bin ich bei euch ... nur noch ... NEIN!!!« Carlas linker Fuß macht einen Schritt ins Leere. Sie rudert mit den Armen und schafft es gerade noch, sich rücklings auf den Hintern fallen zu lassen.

»Autsch!«

»Was ist los, Carla?«

»Hier sind Löcher im Boden. Fallgruben, oder so was. Fast wäre ich reingeplumpst.«

»Mist. Und wie kommst du jetzt zu uns?«

»Ich krieche auf dem Bauch weiter. Igitt, ist das schleimig hier.«

»Das muss die Fledermauskacke sein.«

»Vielen Dank für diese Information, Ibi.«

Carla tastet nach dem Rand der Grube, in die sie fast gefallen wäre. Sie schafft es, auf die andere Seite zu kriechen, und robbt weiter, bis ihre Hand einen von Ibis Tiger-Sneakern ertastet. Ibi springt einen halben Meter in die Luft.

»Hilfe! Ein Monster! Ein krasses Monster frisst meinen Fuß auf!«

»Ich bin's nur, Ibi.« Carla rappelt sich auf und klopft den Matsch aus ihrer Hose.

»Tja, Carla, wir müssen dir wohl so glauben, sehen können wir dich ja nicht.«

Jo hält das Display seines Handys an Carlas Gesicht.

»Doch, sie ist's. Ist nur ein bisschen grün im Gesicht.«

»Vielleicht doch ein Alien?«

»Hört auf mit dem Quatsch!« Carla hat immer noch weiche Knie. Wenn sie eben in diese Grube gefallen wäre, hätte sie sich wohl alle Knochen gebrochen. »Habt ihr vielleicht Kokolores gesehen?«

»Der Witz ist auch nicht besonders gut, Carla.«

»Oder gehört?«

»Nö.«

»Dieser Kater macht mich noch wahnsinnig. Kokolores! Koko! Kokitooooo!«

»Das bringt doch alles nichts, Carla«, meldet sich Connys Stimme. »Du weißt doch, wie Koko ist. Er verschwindet gerne, aber er taucht auch immer wieder auf.«

»Aber nicht, wenn er von den Druiden im Zauberkessel gekocht wird. Kokooooo!«

»Echt, Carla – Koko hat bestimmt schon längst einen anderen Ausgang gefunden und hält den Bauch in die Sonne. Lass uns lieber umkehren.«

»Carla hat Recht«, sagt Tom. »Die Ofenkaulen sind auch schon ohne Außerirdische oder Druiden lebensgefährlich.«

»Meint ihr wirklich?«

»Absolut.«

»Bin auch dafür.«

»Nix wie raus hier!«

»Na gut«, sagt Carla schließlich. »Lasst uns zum Ausgang gehen. Oder lieber kriechen, wer weiß, ob es noch mehr Löcher im Boden gibt.«

»Gut, Carla. Wir folgen immer dem Geruch deiner Füße.«

»Wieso folgt ihr mir? Ihr seid doch als Letzte gekommen. Ihr wisst, wo's rausgeht.«

»Quatsch, Carla. Du musst das wissen. Wir sind ja einfach nur irgendwoher gegangen, um dich zu finden.«

»Und ich bin einfach nur irgendwohin gegangen, um Kokolores zu finden.«

»Also weißt du nicht, wo der Ausgang ist?«

»Nö. Und ihr auch nicht?«

»Nicht genau …«

»Na ja. Der kann ja nicht weit sein. Kriecht mir einfach hinterher.«

Carla robbt in die Richtung, in der sie den Ausgang vermutet, und die anderen folgen ihr wie blinde Salamander auf allen vieren.

17. KEIN AUSWEG

Stunden sind vergangen. Oder waren es nur Minuten? Oder vielleicht sogar ein ganzer Tag?

»Carla, wo ist endlich der Ausgang?« Jos Stimme hört sich an, als wäre er ein Kleinkind, das nach Bonbons quengelt. »Ich hab keine Lust mehr, rumzukrabbeln wie ein Baby.«

»Woher soll ich das wissen?«

»Ist mir egal. Ich will nur raus.«

»Jetzt nur keine Panik.«

»Wer hat hier Panik? Ich etwa? Ich? Ich? Ich?«

»Ja, genau du.«

»Stimmt gar nicht. Ich will nur wieder in der Sonne sitzen und Connys süße Nasenspitze angucken.«

»Hast du das gerade gesagt, Jo?«, fiepst Conny.

»Ne, das war Ibi.«

»Stimmt gar nicht. Tom war's.«

»Genau. Ich war's.«

»Aber du bist doch Jo.«

»Nö. Ich bin Tom. Ich mag Fußball. Olé! Olé!«

»Quatsch, ich bin Tom!«

»Toller Witz, Ibi!«

»Ich finde das nicht lustig«, sagt Conny. »Wie lange kriechen wir eigentlich schon hier herum?«

»Keine Ahnung«, sagt Carla. »Auf jeden Fall schon viel zu lang.«

»Vielleicht … vielleicht kommen wir hier nie wieder raus!«

»Keine Bange, Conny. Der Ausgang muss ganz in der Nähe sein.«

»Wisst ihr noch, was Toms Opa gesagt hat? Diese Ofenkaulen sind riesig groß. Vielleicht so groß wie das ganze Siebengebirge.«

»Mach uns keine Angst, Conny!«

Die Freunde kriechen weiter. Manchmal stoßen sie an eine Wand und müssen sich für eine Richtung entscheiden. Es ist immer noch pechschwarz, und in der Finsternis halten sie vergeblich nach einem winzigen Lichtstrahl Ausschau, der ihnen den Weg zum Ausgang zeigen könnte.

»Ich bin sicher, dass wir hier schon mal waren«, flüstert Carla nach einer Weile.

»Na super, kriechen wir etwa die ganze Zeit im Kreis rum?«

»Schon möglich.«

»So geht es nicht weiter!« Conny hört plötzlich auf, weiterzukriechen, und Jo stößt mit dem Kopf gegen ihren Hintern.

»Aua!«

»Auch Aua!«

»Was'n los, Conny?«

»So werden wir den Ausgang niemals finden. Wir müssen uns etwas anderes ausdenken.«

»Und was, liebe Conny?«

»Wir haben doch ein Handy dabei. Damit müssen wir die Polizei rufen. Jemand muss uns hier rausholen.«

»Die werden uns aber einen tierischen Stress machen«, sagt Jo. »Und denkt mal an den Aufstand, den unsere Eltern veranstalten werden.«

»Mir ist ein Elternaufstand lieber, als in einer Höhle zu verhungern.«

»Okay«, seufzt Jo, »da hast du eigentlich Recht. Dann müssen wir da eben durch. Ich rufe eins-eins-null an … Moment … das kann ja wohl nicht wahr sein!«

»Was ist los, Jo?«

»Ich habe hier kein Netz! Hier unten ist kein Empfang, wir können niemanden anrufen!«

»Oh nein …«

»Also müssen wir doch weiterkriechen.«

»Das bringt doch nichts, Carla. So verirren wir uns nur noch tiefer in diesem Labyrinth.«

»Und was schlägst du vor, Tom?«

»Wir können um Hilfe schreien, vielleicht hört uns draußen jemand.«

»Na gut. Eins … zwei … drei: HIIIIILFEEEEE!!!! HIIIIIILFEEEEEE!«

Die Freunde schreien, bis sie heiser werden. Die Höhle verschluckt ihre Rufe, auf eine Antwort warten sie vergebens.

»Wir waren wirklich ganz schön blöd, einfach in diese Höhle reinzulatschen«, sagt Tom niedergeschlagen.

»Ja«, flüstert Conny, »und jetzt müssen wir wegen unserer Dummheit sterben.«

»Noch sind wir nicht verhungert«, sagt Ibi, »ich hab' hier noch zwei Snickers in meiner Tasche.«

»Au ja, die essen wir jetzt!«, ruft Jo.

»Sollen wir die nicht lieber einteilen?«

»Nur 'n winziges Stückchen.«

»Na gut.« Ibi knistert in der Dunkelheit und versucht, jedem ein Stück Schokolade zu geben, was gar nicht so einfach ist, wenn man nichts sieht.

»Warum dieses weiße Pferd wohl hierhin gelaufen ist«, überlegt Conny, während die anderen still vor sich hin mampfen.

»Wahrscheinlich aus dem gleichen Grund, aus dem Kokolores hier reingeflitzt ist«, meint Carla.

»Also muss hier unten irgendwas sein.«

»Vielleicht ist es Sükür?«

»Meinst du? Das wäre ja … aber wo Sükür ist … da sind auch die … die Drui …«

»Psst!«, zischt Jo plötzlich. »Ich höre was.«

»Jetzt kommen sie«, murmelt Ibi, »die Außerirdischen.«

18. Besuch in der Dunkelheit

Die Freunde halten den Atem an. Plötzlich ist nichts mehr zu hören. Oder doch? Hatten sie sich etwa getäuscht? Aber da war doch ein Geräusch …

»Mauuuuuu!!!«

Die Freunde zucken zusammen und poltern ineinander wie Dominosteine.

»Kokolores!«, ruft Carla, während man fast die Steine hören kann, die ihr vom Herzen poltern. »Koko, du bist hier! Jetzt wird alles gut. Jetzt kannst du uns hier rausführen. Jetzt …«

»Halt!« Eine schneidende Stimme ertönt direkt vor den Freunden. Eine Taschenlampe blitzt auf, die ihnen mit ihrem blendend weißen Licht in die Augen scheint.

»Wasss habt ihr hier zzzu sssuchen?«

»Madonna, mach, dass das nicht wahr ist«, murmelt Carla mit geschlossenen Augen. »Mach, dass das nur ein böser Traum ist.«

Aber Professor Quast ist kein Traum. Er steht in Fleisch und Blut vor den Freunden.

»Wie kommt ihr hier rein? Wasss fällt euch ein?«

Die Freunde stehen mit ausgetrockneten Mündern da, ohne ein Wort über die Lippen zu bringen.

»Ich habe euch etwasss gefragt!«

Schließlich ist es Conny, die sich als Erste aus der Erstarrung löst. Tapfer versucht sie, die Tränen runterzuschlucken.

»Herr Professor … wir … wir mussten doch Kokolores finden …«

»Wer issst Kokoloresss?«

»Kokolores, Carlas Kater …«

»Ihr könnt euch glücklich schätzzzen. Ohne diessse Katzzze wäre ich niemalsss auf die Idee gekommen, heute in die Ofenkaulen hinabzzzusteigen.«

»Kokolores war auf einmal verschwunden und wir hatten solche Angst um ihn und er kam und kam nicht und dann sind wir hinterhergegangen und dann haben wir den Weg nicht mehr gefunden und dann …«

»Dasss genügt. Den Ressst könnt ihr mir drausssen erzählen. Hier, haltet euch daran fessst.«

Professor Quast reicht den Freunden ein Seil, an das sie sich klammern, während er vorangeht. Erst im Licht der Taschenlampe sieht man, wie groß die Höhlen sind – die feuchte Decke, von der ab und zu schwere Tropfen fallen, schwebt vier oder fünf Meter über ihnen. Auch die Spalten und Risse im Boden können sie jetzt erkennen und es wird ihnen völlig klar, dass sie aus dieser Höhle niemals lebendig herausgekommen wären. Der Professor bemerkt die ängstlichen Blicke der Kinder.

»Wenn ihr gefallen wärt, wäre esss aussss mit euch gewesssen. Wenn ihr nicht gefallen wärt, wärt ihr verhungert. Ohne Licht kommt niemand aus den Ofenkaulen herausss. Wie alt ssseid ihr eigentlich? Ersssst zzzwei oder schon vier? Esss issst nicht zzzu fasssen …«

Schweigend und mit hängenden Köpfen trotten die Freunde hinter dem Professor her. Sie biegen in einen engen Gang ab, und sofort schießen Sonnenstrahlen durch eine Ritze über ihren Köpfen.

»Ssseid vorsssichtig mit der Leiter!«

Die Freunde steigen nacheinander eine rostige Leiter hinauf und zwängen sich durch den Spalt ins Freie. Sie schließen die Augen und legen sich ins Gras. Kokolores macht sich einen Spaß daraus, den Freunden abwechselnd auf die Bäuche zu springen. Aber keinem von ihnen ist zum Lachen zumute. Als Letzter zwängt sich der Professor aus der Ritze.

»Ssso, jetzzzt erklärt mir mal ganzzz genau, wasss mit euch losss issst! Ihr taucht mit dem Sssymbol der Epona bei der Ausssgrabungsstelle auf, rennt dann einfach losss und jetzzzt musss ich euch ausss den Höhlen retten. Wasss führt ihr im Schilde?«

»Wir sagen Ihnen nichts, Sie Freak«, sagt Jo ruhig, ohne die Augen zu öffnen. »Sie können uns direkt in Ihren großen Topf werfen, aber Sie hören von uns kein Sterbenswörtchen.«

»Issst dasss der Dank dafür, dasss ich euch sssoeben dasss Leben gerettet habe?«

»Wofür sollen wir uns bedanken? Dafür, dass Sie meine beste Freundin Conny zu einem sehr traurigen Mädchen gemacht haben? Da sage ich: Danke, nein danke!«

»Unverschämte Brut! Bleibt doch, wo der Pfeffer wächsssst. Aber eure Haut habe ich zum letzzzten Mal gerettet!«

Der Professor dreht sich wütend um und stapft davon. Kokolores schickt ihm noch ein niedliches »Miau?!« hinterher, auf das der Mann nur mit einem Grunzen antwortet. Schließlich ist er verschwunden. Carla öffnet nach einer Weile die Augen.

»Wir haben's geschafft! Wir leben!«

Auch die anderen rappeln sich langsam wieder auf.

»Das war knapp«, sagt Tom, »Doktor Frankenstein hat uns tatsächlich das Leben gerettet. Hätten wir uns nicht doch bedanken sollen?«

Jo schüttelt die Faust.

»Auf keinen Fall! Habt ihr es denn nicht gesehen?«

»Was gesehen, Jo?«

»Das Amulett. Er trug das gleiche Amulett um den Hals, das wir auf dem Reiterhof gefunden haben. Das ist ein eindeutiger Beweis. Er ist der Dieb von Sükür. Er will ihm einen rostigen Dolch ins Herz stoßen. Er ist ein Wahnsinniger. Ein Wahnsinniger, den wir stoppen müssen.«

»Aber wie? Was können wir jetzt noch tun?« Conny sieht die anderen mit großen, verzweifelten Augen an.

»Mau!«, schlägt Kokolores vor und macht einen seiner krummen Purzelbäume. Keiner lacht. Schließlich verengen sich Carlas Augen zu Schlitzen.

»Wie spät ist es, Tom?«

»Ungefähr sechs …«

»Gut, dann kommen wir noch rechtzeitig zu deinem Opa zurück. Wir erzählen natürlich nichts von dem, was wir erlebt haben. Sobald wir in Köln sind, rufen wir Kommissar Donnerstag an.«

»Aber Carla, wir haben Finn doch versprochen, dass …«

»Das ist mir egal. Hier geht es um das Leben von Sükür. Wenn dieser geisteskranke Gangsterprof einmal hinter Gittern sitzt, kann er auch Finn nichts mehr tun. Ihr werdet schon sehen, Finn wird sich bei uns bedanken. Wenn er nicht den Mumm in den Knochen hat, sich gegen diese Druiden zu wehren, ist das sein Problem. Aber wir geben nicht auf!«

»Gut gebrüllt, Löwe.« Jo wuschelt Carla durch die Strubbelhaare. »Wie bringen wir Toms Opa denn bei, dass wir aussehen, als hätten wir beim Schlammcatchen mitgemacht?«

»Uns fällt schon was ein. Und jetzt los, wir haben keine Zeit zu verlieren.«

19. Nichts geht mehr

Am nächsten Morgen ruft Jo als Allererstes Kommissar Donnerstag an. Er kommt direkt zur Sache:

»Herr Donnerstag, wir wissen jetzt, wer der Dieb ist. Wir wissen, wer Sükür und den Dolch gestohlen hat. Und wir wissen, was er vorhat. Sie müssen ihn stoppen.«

»Habt ihr etwa wieder eure Nasen in Dinge gesteckt, die euch nichts angehen?«

»Na ja, das war eher ein Zufall.«

»Da habe ich so meine Zweifel.«

»Bitte, Herr Kommissar! Wir müssen Sie treffen. Bald ist es zu spät!«

»Na gut. Dann kommt so schnell wie möglich in mein Büro. Aber viel Zeit habe ich nicht für euch, ich treffe mich nämlich gleich mit unserem Experten in Sachen Kunstraub.«

»Wir sind schon auf dem Weg, Herr Kommissar!«

Jo trommelt die anderen zusammen, und eine Stunde später stehen die Freunde vor der Bürotür des Kommissars. Von drinnen hören sie Stimmen, die aufgeregt diskutieren. Carla klopft.

»Kommt rein!«, ruft der Kommissar. Carla öffnet die Tür und fällt sofort rückwärts in Ibis Arme. Auch die anderen weichen entsetzt zurück.

»Leute, macht die Tür zu, sonst gibt's Durchzug!« Kommissar Donnerstag sitzt auf der Kante seines Schreibtischs und hält eine Kaffeetasse in der Hand. Neben ihm steht Professor Quast und schaut die Kinder aus seinen kalten Leguanaugen an.

»Was jetzt? Rein oder raus? Raus oder rein?« Der Kommissar scheint heute gute Laune zu haben. Zögernd betreten die Freunde das Büro und schließen die Tür hinter sich.

»Darf ich vorstellen: Herr Professor Quast, unser Experte für Kelten, Druiden und andere Rätsel. Er konnte mir auch erklären, was dieses Symbol bedeutet, über das ihr euch so den Kopf zerbrochen habt. Herr Professor, das sind Kokolores & Co., eine Bande ungezogener, aber ziemlich genialer Blagen, die schon so manchen Verbrecher aufs Kreuz gelegt haben. Von links nach rechts sind es Carla, Johannes, Ibrahim, Constanze und Tom, außerdem gehört noch so ein dicker Kater dazu, der wahrscheinlich in Carlas Rucksack steckt, stimmt's Carla?«

»Kokolores ist nicht dick«, knurrt Carla.

»Wir hatten bereitsss dasss Vergnügen, miteinander Bekanntschaft zzzu machen«, zischt Professor Quast, ohne seinen steinernen Gesichtsausdruck zu verändern. Kommissar Donnerstag hebt die Augenbrauen.

»So? Das ist ja ein Ding.«

»Diessse Kinder haben mich zzzunächssst bei meiner Arbeit im Sssiebengebirge gestört und sssich dann ssselbssst in Gefahr gebracht. Wenn ich sssie nicht gefunden hätte, würden sssie jetzzzt noch in den Ofenkaulen stecken.«

»Das sieht ihnen mal wieder ähnlich«, murmelt Kommissar Donnerstag. »Was habt ihr mir zu beichten, Carla? Ihr hattet doch versprochen, nicht mehr Detektiv zu spielen.«

Carla stemmt die Hände in die Hüften und reckt das Kinn vor.

»Wir konnten ja nicht ahnen, dass die Polizei mit den Verbrechern gemeinsame Sache macht.«

»Carla? Was sagst du denn da für Sachen?«

»Ihr feiner Experte, dieser Professor Quast, ist der Dieb, der Sükür und den Dolch gestohlen hat.«

»Lächerlich, Carla. Professor Quast hat den Dolch doch selber ausgegraben. Warum sollte er ihn dann auch noch stehlen?«

»Weil …«

»Na? Warum?«

»Weil er Sükür damit töten will. Und zwar morgen, am ersten August. Und deshalb müssen Sie was tun!«

»Diessse Kinder haben eine lebhafte Phantasssie.«

»Scheint mir auch so, Herr Professor«, stimmt Kommissar Donnerstag zu. »Wollen Sie noch eine Tasse Kaffee?«

»Sssehr gerne.«

Der Kommissar geht seelenruhig zur Espressomaschine in der Ecke des Büros und schaufelt Kaffeepulver hinein. Carla stampft mit einem Fuß auf den Boden.

»Herr Kommissar! Was ich Ihnen sage, ist die Wahrheit! Sie müssen uns glauben!«

»Moment, ich zähle gerade die Kaffeelöffel … drei … vier … fünf … sechs Tassen. Alles klar. Los!« Kommissar Donnerstag drückt auf den Startknopf der Maschine und beobachtet fasziniert, wie die braune Brühe in die Tassen kleckert.

»Herr Kommissar, wir machen hier keine Witze«, schaltet sich Jo ein.

»Alles klar, Jo. Der war gut.«

»Haben euch eure Eltern eigentlich keinen Ressspekt beigebracht? Wie kommt ihr dazzzu, mich zzzu beschuldigen?«

»Genau, wie kommt ihr eigentlich dazu? Hier ist Ihr Kaffee, Herr Professor.«

»Danke sssehr.«

»Nicht der Rede wert.«

Carla versucht, sich von den stechenden Blicken des Professors nicht aus der Ruhe bringen zu lassen.

»Woher wir die Informationen haben, dürfen wir nicht verraten. Aber wir wissen, dass es einen Geheimbund der Druiden gibt. Und diese Druiden wollen Sükür mit dem Ritualdolch opfern, um ihre verschollene Pferdegöttin zu beschwören. Und wenn sie dann auftaucht, wollen sie die Macht an sich reißen und ganz schreckliche Dinge tun.«

Der Kommissar schmunzelt und legt die Füße auf den Schreibtisch.

»Aha. Und?«, fragt er den Professor. »Stimmt es, was die Kinder sagen? Gibt es wirklich einen Geheimbund der Druiden?«

Carla bemerkt ein winziges Zucken in den starren Gesichtsmuskeln des Professors. Eine winzige Unsicherheit in seinen blassen Augen.

»Nein«, sagt er schließlich und fixiert Carla, »natürlich gibt esss ssso etwasss nicht. Eine lächerliche Phantasssie. Druiden gibt esss schon ssseit Taussenden von Jahren nicht mehr.«

»Hab ich mir schon gedacht.« Kommissar Donnerstag wirft die üblichen sieben Zuckerwürfel in seinen Kaffee. »Und Sie müssen es ja wissen, Professor. Schließlich sind Sie ja der Druidenexperte.«

»Allerdingsss.«

»Gut, Kinder, dann lasst uns einfach weiterarbeiten, okay? Der Professor und ich sind nämlich auf einer heißen Spur. Geht doch einfach ins Freibad oder Eis essen oder was man heutzutage in eurem Alter so macht. Von mir aus auch Computer spielen. Vielleicht habt ihr daher eure phantastischen Vorstellungen.«

»Aber …«

»Und, Carla, wenn ihr euch jetzt immer noch nicht aus der Sache raushaltet, gibt es wirklich Ärger. Dann kann ich euch wegen Behinderung von polizeilichen

Ermittlungen anzeigen und ihr verbringt eure Sommerferien damit, Unkraut zu rupfen oder Leute in Rollstühlen zu füttern. Alles klar?«

»Alles klar, Herr Kommissar«, knurrt Carla, bevor sie sich auf dem Absatz umdreht und mit den anderen aus dem Büro verschwindet. Ibi verlässt den Raum als Letzter, wirft die Tür mit einem Knall zu und grinst wie ein Haifisch.

»Was 'n los, Ibi?«, flüstert Jo.

»Ich hab den beiden einen ordentlichen Pups dagelassen.«

»Prima, Ibi!«, sagt Carla. »Aber was machen wir jetzt? Wie können wir diesen irren Professor stoppen?«

20. EINE LETZTE CHANCE

Auf dem Weg zu Ossi Rainowskis Büdchen am Eierplätzchen, wo die Freunde erst einmal bei einem Wassereis die Lage besprechen wollen, wird Conny immer stiller. Als die fünf schließlich auf dem Bürgersteig sitzen und am Eis nuckeln, beginnt sie plötzlich laut zu weinen und vergräbt ihr Gesicht an Jos Schulter.

»Jetzt können wir nichts mehr machen«, kommt es unter Schniefern und Schluchzern hervor. »Sükür ist verloren. Wie viel Angst der Kleine haben muss. Ich halte das nicht mehr aus. Ich wünschte, es wäre alles schon vorbei.«

»Hey, Conny, wer hat denn gesagt, dass wir aufgeben?«, sagt Carla.

»Genau«, meint Jo, »noch ist nicht aller Tage Abend. Denn: Wenn du denkst, es geht nicht mehr, kommt von irgendwo ein Lichtlein her. Oder, Conny?«

Anstatt eine Antwort zu geben, schluchzt Conny nur noch lauter.

»Auf den Kommissar können wir jedenfalls nicht zählen«, brummt Tom, »dem hat der Professor bestimmt irgendwas in den Kaffee geschüttet.«

»Du meinst, er hat ihn verhext?«, fragt Ibi.

»Das ist für ihn als Druide sicher kein Problem.«

»Und wie sollen wir ohne die Hilfe von Kommissar Donnerstag noch irgendwas ausrichten?«

»Keine Ahnung.«

»Mau!«, macht Kokolores, der sich über das kleine Thunfischdöschen freut, das Carla ihm im Büdchen gekauft hat. Er streicht Conny um die Beine und versucht sie aufzumuntern. Kokolores kann es nämlich nicht ertragen, wenn jemand traurig ist.

»Mauuuu! Miauuuu!« Er fängt an, krumm und schräg zu singen, wie er es immer tut, wenn sich eine interessante Katzendame in der Gegend befindet. Connys Schluchzer werden etwas leiser.

»Du bist lieb, Koko. Auch wenn Sükür nicht mehr da ist, du bleibst wenigstens bei uns.«

»Mauuuu!!!« Kokolores singt noch lauter, versucht allerdings gleichzeitig, seinen Thunfisch aufzuessen. Irgendwann bleibt ihm dabei ein Stück im Hals stecken und er bringt nur noch ein jämmerliches Krächzen hervor.

»Mmmammuummaaummaurzrzrrzrauaumaurzrzau!« Carla dreht die Augen himmelwärts und klopft ihrem Kater auf den Rücken.

»Kokolores, wie oft habe ich dir schon gesagt, dass du nicht gleichzeitig essen und miauen sollst?«

Aber Jo springt auf und hebt den verdutzten Kater hoch in die Luft. »Koko! Du bist ein Genie! Du hast mal wieder die richtige Idee gehabt!«

Kokolores rudert hilflos mit den Beinen in der Luft herum, bis ihn Jo wieder auf den Boden setzt. Zur Erholung verputzt er erst einmal den Rest in der Thunfischdose.

»Was meinst du damit, Jo?«, fragt Carla. »Koko hat nur mal wieder zu schnell gefressen, wie immer.«

»Habt ihr nicht sein Miauen gehört? Sein heiseres Miauen? Das hat er absichtlich getan!«

»Ich checke nichts mehr.«

»Erinnert euch doch mal: ›Ich warne euch. Mischt euch nicht in die Angelegenheiten der Druiden. Sonst wird es euch schlecht ergehen. Ich war einer von ihnen.‹«

»Der Anrufer mit der heiseren Stimme«, murmelt Tom.

»Genau. Er wird uns zu den Druiden führen.«

»Aber wir wissen doch nichts über ihn. Wir haben noch nicht einmal seinen Namen.«

»Aber seine Telefonnummer. Mein Handy speichert die Nummern der letzten Anrufer. Ich suche sie mal … hier, ich hab sie. Es ist eine Nummer in Köln. Soll ich anrufen?«

»Moment, Jo. Nicht so schnell. Wir müssen überlegen, was wir diesem Typen sagen sollen. Warum sollte er uns helfen?«

»Wir können ja sagen, wir wären von der Polizei«, schlägt Tom vor.

»Oder noch besser: vom CIA!«, ruft Jo.

»Genau. Dann besorgen wir uns Verkleidungen, dunkle Anzüge und Sonnenbrillen und so. Der wird sich so erschrecken, dass er uns auf jeden Fall hilft.«

»Jungs, ihr phantasiert mal wieder«, sagt Carla. »Wie wäre es zur Abwechslung mal damit: Wir sagen die Wahrheit. Wenn dieser Typ die Geschichte von Conny und ihrem kleinen Fohlen hört, muss er uns doch helfen. Bei dieser Geschichte fängt doch jeder an zu heulen.«

»Stimmt«, sagt Jo, der wieder die weinende Conny im Arm hält. »Lügen haben kurze Beine, und was wahr ist, währt am längsten. Also ich rufe an …«

Jo tippt in sein Handy, und die anderen sehen ihm gebannt zu. Sogar Conny unterbricht ihr Schluchzen und umklammert gespannt ein Taschentuch.

»Es piept«, murmelt Jo, »... und piept ... und piept ... jetzt geht jemand ran ... hallo? ... Aber ... das bist ja du, Finn! ... Wir sind's, die Kinder vom Siebengebirge! ... Und du bist also der Anrufer mit der heiseren Stimme ... wir müssen dich unbedingt noch mal treffen, Finn ... bitte! ... Wenn du Conny sehen könntest, wie sie hier neben mir sitzt und weint ... bitte, Finn! Du bist unsere letzte Hoffnung! ... Sonst ertrinken wir hier im Tränenmeer ... Echt? ... Prima! ... Ja, wir sind in einer halben Stunde bei dir!«

Jo legt auf und strahlt die anderen an.

»Es war Finn«, murmelt Carla.

»Ja. Er arbeitet manchmal hier in Köln, im Römisch-Germanischen Museum. Deshalb hat er auch unser Plakat gesehen. Er hat die Stimme verstellt, weil er Angst hatte, es könnte eine Falle der Druiden sein. Und er hat wohl doch kein so hartes Herz, denn er will sich in einer halben Stunde mit uns im Museum treffen.«

»Dann mal los!«, ruft Carla. »Conny, versuch so traurig zu bleiben wie jetzt, damit brichst du jedes Herz.«

»Meins auf jeden Fall«, murmelt Jo.

»Ich versuch's«, schnieft Conny. »Hoffentlich kann Finn uns wirklich weiterhelfen.«

»Da bin ich sicher«, sagt Carla. »Ich habe nämlich das Gefühl, dass Finn uns im Siebengebirge nicht die ganze Wahrheit gesagt hat.«

21. FINNS LÜGE

Die Freunde nehmen die Linie 16 und sind eine halbe Stunde später am Römisch-Germanischen Museum. Finn erwartet sie schon am Eingang.

»Hallo, Leute. Ist euch jemand gefolgt?«

»Keine Bange, Finn«, antwortet Carla. »Keine Hexenmeister weit und breit.«

»Okay. Ich muss hier die Ausstellung betreuen, deshalb kann ich nicht weg. Aber kommt doch mit zu den Kelten im Keller, da kommt sowieso selten jemand vorbei. Bezahlen müsst ihr natürlich nicht.«

»Und Kokolores? Darf der auch rein?«, fragt Carla.

»Von mir aus schon. Aber pass auf, dass ihn niemand sieht!«

Finn führt die Freunde durch das Museum bis zur Sonderausstellung, in der die Gegenstände präsentiert werden, die im Druidengrab am Stenzelberg gefunden wurden. Einer der Glaskästen ist leer, eine Scheibe ist gesprungen und ein Absperrband der Polizei hält die Besucher fern.

»Da war dieser Dolch drin?«, fragt Tom.

»Ja. Der Dieb wusste genau, wonach er gesucht hat. Und er hat wohl keine Spuren hinterlassen. Aber die anderen Fundstücke sind auch sehr interessant, guckt euch mal das hier an …«

»Finn«, sagt Carla ernst, »wir sind nicht hergekommen, um irgendwelche Scherben zu bewundern. Wir müssen mit dir über den Geheimbund der Druiden sprechen.«

»Na gut, kommt mit.« Finn geht mit den Freunden hinter eine große Vitrine, in der eine Menge Schmuckstücke aus Bronze liegen. Hier sind sie einigermaßen vor den Blicken neugieriger Museumsbesucher geschützt.

»Also, ich habe euch doch eigentlich schon alles gesagt …«

»Das hast du nicht, Finn«, sagt Carla. »Ich habe selber so oft geflunkert, dass ich genau spüre, wenn jemand nicht die Wahrheit sagt. Und in diesem Steinkreis am Siebengebirge hast du uns angelogen. Gib's ruhig zu!«

»Ja … also ich …«

Jo legt Finn eine Hand auf die Schulter.

»Finn, uns ist doch schnurzepiepegal, ob du lügst oder nicht. Wir wollen nur Connys Fohlen wieder finden. Guck sie mal an! Sükür soll morgen sterben, das hast du selbst gesagt. Schau Conny in die Augen und sag ihr, dass du ihr nicht helfen kannst, dann lassen wir dich für immer in Ruhe.«

Finn schaut in Connys große Augen, die vom Weinen immer noch ganz rot sind. Conny versucht auszusehen, als wäre ihr alles egal, aber jeder kann sehen, dass sie innerlich noch immer weint. Finn bekommt selbst fast feuchte Augen.

»Na gut. Ich sage euch alles, was ich weiß. Aber ihr dürft mich deswegen nicht verurteilen.«

»Das tun wir auf keinen Fall, Finn.«

»Okay. Ich habe euch doch von dem Ritual erzählt, bei dem ich in den Kreis der Druiden aufgenommen werden sollte. Das mit dem Feuer und den Masken und …«

»Dem Raben, den du töten solltest«, ergänzt Carla. Finn rupft nervös an den Ärmeln seiner Jeansjacke herum.

»Ja, der Rabe. Also gut, ich sage es euch besser sofort. Ich habe es getan. Ich habe diesen Boten der Anderswelt in die Anderswelt zurückgestoßen. Ich hätte es fast nicht geschafft, aber …«

»Du wolltest unbedingt dazugehören«, sagt Tom. Finn nickt und starrt Löcher in seine Schuhe.

»Wie damals bei uns auf dem Spielplatz«, sagt Ibi. »Mutprobe für die Panther-Gang: einen Regenwurm essen.«

»Das hast du gemacht, Ibi?«

»Klaro. Sonst hätte ich ja bei der Förmchen-Bande bleiben müssen.«

»Igitt!«, ruft Carla.

»Ibi, erzähl das bloß nicht zu viel rum«, meint Jo, »sonst küsst dich nie eine.«

»Hey, Mann, da war ich sechs!«

»Eben, wer weiß, was du heute so alles futterst.«

»Ibi hat Recht«, sagt Finn. »Im Grunde war es so eine bescheuerte Mutprobe wie bei Kleinkindern auf dem Spielplatz. Aber ich wollte eben dazugehören. Und so wurde ich in den Kreis der Druiden aufgenommen.«

»Und? Jetzt bist du so 'n Druide?«, fragt Carla.

»Nein, noch lange nicht. Die Ausbildung zum Druiden dauert mindestens zwanzig Jahre. Der Geheimbund könnte mich zum Druiden machen, wenn ich die Kraft und Geduld hätte. Aber jetzt will ich mit dem Geheimbund nichts mehr zu tun haben. Alles hat sich geändert, seit die Göttin Epona aufgetaucht ist.«

»Sie ist wirklich erschienen?«

»Das behaupten zumindest einige der Druiden. Sie kam als wunderschöne Frau aus der Anderswelt und hat ihnen Befehle erteilt. Und da fingen die Druiden an, Dinge zu tun, die sie vorher nicht getan haben.«

»Raben opfern, zum Beispiel.«

»So ist es, Tom. Der Geheimbund der Druiden hatte die grausamen Rituale der Kelten schon längst abgeschafft. Die Druiden versuchten, Gutes in die Welt zu bringen. Sie brauten Heiltränke, schützten die Natur und setzten sich für den Frieden in der Welt ein. Sie wollten ein Gleichgewicht der Kräfte herstellen, allen ein zufriedenes Leben im Einklang mit der Natur ermöglichen. Das ist die eigentliche Mission der Druiden. Bis Epona erschien und befahl, die Opferrituale wieder zu beginnen. Sie befahl den Druiden, möglichst viel Macht an sich zu reißen. Sie sollten die Macht und das Geld lieben. Viele Druiden waren entsetzt und verließen den Geheimbund. Aber andere waren begeistert – insgeheim hatte sie die Macht, die sie als Druiden haben konnten, immer schon fasziniert. So entstand eine neue Art von Druiden – sie kleiden sich jetzt nicht mehr in weiße Gewänder, sondern in schwarze. Dazu tragen sie diese Masken. Sie begehen grausame Rituale. Und jetzt wollen sie ein schneeweißes junges Pferd mit dem heiligen Dolch der Epona opfern, um ihre Göttin zu sich zu holen.«

Conny muss sich bei Finns letzten Worten an Jo festhalten, um nicht schon wieder umzukippen.

»Also ist Connys Vermutung wahr«, sagt Carla grimmig. »Sükür muss morgen sterben – wenn wir es nicht schaffen, ihn zu retten. Wirst du uns dabei helfen, Finn?«

Finn guckt den Freunden der Reihe nach in die Augen.

»Ja. Ich helfe euch«, sagt er schließlich. »Ich halte es selber nicht mehr aus, dieses Geheimnis mit mir rumzutragen. Gehen wir zur Polizei.«

»Das hat keinen Sinn«, sagt Jo. »Da waren wir schon. Die Polizei arbeitet mit den Druiden zusammen. Jedenfalls, wenn es stimmt, was wir vermuten – nämlich, dass Professor Quast der Anführer dieser lausigen Bande ist.«

Finn sieht aus, als hätte er selber gerade einen Regenwurm verschluckt.

»Ja, du hast Recht, Jo. Professor Quast ist der Anführer der Druiden. Aber er … ich kann nicht glauben, dass er so etwas zulässt.«

»Das glauben wir gerne für dich mit, Finn. Also müssen wir etwas anderes unternehmen. Weißt du, wo das furchtbare Ritual stattfinden soll?«

22. CONNYS PLAN

»Das Lughnasadh-Ritual, lasst mich überlegen«, murmelt Finn. »Wahrscheinlich wird es bei Sonnenuntergang in den Ofenkaulen stattfinden. Das ist ein großes Höhlensystem im Siebengebirge. Habt ihr davon schon gehört?«

»Allerdings.«

»Dort hat sich der Geheimbund jetzt eingerichtet. Die Höhlen sind nämlich abgesperrt, normalerweise kommt man da gar nicht rein. Aber die Druiden haben einige der Eingänge wieder geöffnet.«

»Da müssen wir also hin«, sagt Carla.

»Aber das wäre verrückt! Erstens ist es da sowieso sehr gefährlich, und wenn dazu noch die Druiden da sind und ihr Ritual abhalten wollen – was denkt ihr, was die mit euch machen?«

»Wir müssen eben eine Möglichkeit finden, unbemerkt in die Höhle zu kommen. Und dann müssen wir sie irgendwie stoppen.«

»Das sind ja schon zwei Sachen, die nicht klappen werden.«

»Mal doch nicht alles so schwarz, Finn!«, ruft Jo. »Wir haben da schon ganz andere Dinger geschaukelt. Die Ofenkaulen haben doch mehrere Eingänge, oder?«

»Mmh, das stimmt.«

»Prima. Dann nehmen wir einen Eingang, den die Druiden nicht selbst benutzen. Und schleichen uns von hinten an sie ran.«

»Das könnte vielleicht klappen. Aber es ist sehr riskant.«

»Das macht nichts, die Gefahr liegt uns im Blut. Aber wie können wir sie davon abhalten, dieses furchtbare Ritual durchzuführen?«

»Gar nicht.«

»Gar nicht gibt's nicht. Irgendeine Möglichkeit muss es geben. Das ist hundert Pro sicher.«

»Die einzige Möglichkeit wäre, dass Epona selbst den Druiden verbietet, das Ritual abzuhalten.«

»Mach keine Witze, Finn. Die existiert doch sowieso nur in der Einbildung von diesen Typen.«

»Da wäre ich mir nicht so sicher, Jo. Ich glaube schon, dass sie existiert. Natürlich nicht im Hier und Jetzt.«

»Und wo dann, bitte schön?«

»In der Anderswelt natürlich.«

»Und die liegt gleich um die Ecke.«

»Nicht direkt, Jo. Aber es gibt Wege und Möglichkeiten, dorthin zu kommen. Einige Druiden haben es schon geschafft. Aber nicht alle sind zurückgekommen.«

»Okay, Finn, dann latsch du doch in diese Anderswelt, trink eine Tasse Tee mit dieser Schnitte, mach ihr klar, dass Pferde abmurksen heutzutage total out ist, und schon ist das Kind geschaukelt.«

Finn schüttelt langsam den Kopf.

»Ich werde nicht in die Anderswelt gehen. Nur wer ein völlig offenes Herz hat und mit sich selbst ganz im Reinen ist, kann diese Reise wagen. Ich weiß, dass ich dazu nicht fähig bin.«

Finn sieht schweigend zu Boden und auch den Freunden fällt nichts ein, was sie jetzt noch sagen könnten. Während sie so dastehen und die Köpfe hängen lassen, nähert sich eine alte Dame mit schlurfenden Schritten, bleibt direkt vor Finn stehen und lächelt ihn an.

»Entschuldijung, junger Mann! Wo finde isch denn dat Dionysos-Mosaik?«

»Das ist dort hinten«, sagt Finn niedergeschlagen, »hier ist die keltische Abteilung. Gehen Sie einfach hier um die Ecke und dann geradeaus. Sie werden es schon finden.«

»Welsche Laus ist Ihnen denn über die Leber jelaufen?« Die alte Dame mustert Finn kritisch. »Liebeskummer? Ärjer mim Scheff? Jung, es doch drissejal. Et kütt alles wie et kütt!«

Die alte Dame zwinkert den Kindern zu, dreht sich um und watschelt in die Richtung, die Finn ihr beschrieben hat.

»Vielleicht hat sie Recht«, murmelt Finn. »Es wird alles so kommen, wie es kommen soll.«

»Finn«, sagt Conny plötzlich, »ich werde es tun. Ich werde in die Anderswelt gehen.«

Finn will protestieren, aber als er Connys Augen sieht, nickt er nur stumm. Auch die anderen merken, dass Conny das, was sie sich vorgenommen hat, auch tun wird – egal, was passiert.

»Diese Conny«, murmelt Ibi, »ich hab schon immer gewusst, dass sie die krasseste von uns allen ist.«

»Also gut«, sagt Finn und schüttelt sich, als würde er aus einer Erstarrung aufwachen, »wenn das deine Entscheidung ist, werde ich dir wohl oder übel helfen müssen. Um dir den Weg in die Anderswelt freizumachen, muss ich mich gut vorbereiten. Und wir müssen an einen Ort der Kraft gehen. Könnt ihr morgen mit mir ins Siebengebirge kommen?«

»Wird sich einrichten lassen«, sagt Tom.

»Gut. Dann treffen wir uns morgen um neun hier vor dem Museum. Und wenn Conny es sich anders überlegen sollte, ruft mich an. Meine Handynummer habt ihr ja.«

»Nein, Finn«, wispert Conny, »ich werde es mir nicht anders überlegen.«

»Wie du meinst. Dann geht jetzt. Ich muss so früh wie möglich mit den Vorbereitungen beginnen. Macht's gut! Bis morgen!«

Die Freunde verabschieden sich und machen sich ziemlich schweigsam auf den Weg zurück zu Ossi Rainowskis Büdchen.

23. WELTENGÄNGERIN

Für die Eltern von Ibi, Jo, Carla, Conny und Tom ist es eine große Überraschung, dass ihre Kinder schon wieder ins Siebengebirge fahren wollen. Die Freunde einigen sich darauf, von Finn und ihrem Interesse an den Ausgrabungen zu erzählen, aber in Sachen Druiden und Professor Quast auf jeden Fall die Klappe zu halten. Nach einigem Hin und Her sind alle Eltern damit einverstanden, dass Finn sie ins Siebengebirge fährt. Sie können sich zwar nicht vorstellen, warum sich ihre Kinder so plötzlich für Archäologie interessieren, aber sie sind sich einig, dass dieses Interesse ja nicht schaden kann.

Um kurz vor neun trudeln die Freunde vor dem Römisch-Germanischen Museum ein. Conny ist noch stiller als sonst, aber immerhin hat sie Jos neongrüne Ohrringe angezogen. Ein gutes Zeichen, wie Jo meint. Finn holt die Freunde ab und fährt sie mit seinem verbeulten Fiat ins Siebengebirge. Er parkt in einer kleinen Straße in Königswinter und führt die Freunde durch die wunderschöne Siebengebirgslandschaft, bis sie zu dem versteckten Steinkreis im Wald gelangen.

»Hier ist es«, sagt Finn. »Das ist eine der heiligen Stätten der Kelten. Es gibt Orte, die der Anderswelt besonders nahe sind. Man nennt sie Orte der Kraft. Von hier aus müsste ein Übertritt in die Anderswelt funktionieren. Conny, ich frage dich jetzt zum letzten Mal: Bist du immer noch sicher, dass du das wagen willst?«

»Todsicher. Es geht um das Leben von Sükür.«

»Na gut. Dann fangen wir mal an. Tretet erst einmal aus dem Kreis, ich muss den Boden vorbereiten.« Finn kramt ein langes weißes Gewand aus dem Rucksack, das er sich überzieht. Dann holt er ein Bündel Kräuter hervor und geht damit von Stein zu Stein. Vor jedem Stein schaut er in die Luft, murmelt etwas in einer Sprache, die die Freunde noch nie gehört haben, und bestreicht den Stein dann mit den Kräutern. Danach sprenkelt er eine Flüssigkeit aus einem kleinen Fläschchen auf die Erde, wobei er weitere merkwürdige Sätze spricht. Die Freunde stehen am äußeren Rand des Kreises und schauen gebannt zu. Nur in Carlas Rucksack rumort und quäkt es vor sich hin.

»Was ist denn Koko? Was willst du jetzt schon wieder?«

»Mau!«

»Du willst raus?«

»Mau!«

»Aber mach keine Faxen!«

»Mau!«

»Na gut.«

Carla holt den Kater aus der Tasche und setzt ihn auf die Erde. Kokolores gähnt gemütlich, streckt sich von vorne bis hinten aus und latscht dann über Finns Füße quer durch den Steinkreis. Finn ist so in sein Ritual versunken, dass er Kokolores gar nicht bemerkt. Auf der anderen Seite des Kreises verschwindet Kokolores in den Büschen.

»Weg isser«, murmelt Carla. »Ich möchte nicht wissen, was der mal wieder vorhat.«

»Psst!«, zischt Finn, der gerade damit beschäftigt ist, mit ausgebreiteten Armen in den Himmel zu starren und weiter krauses Zeug zu murmeln.

»Ziemlich alberne Show«, wispert Jo, nachdem er Finn eine Weile zugesehen hat.

»Stimmt«, flüstert Tom zurück, »ich habe auch das Gefühl, dass wir hier nur unsere Zeit verplempern.«

»Seid still!«, zischt Conny. »Finn muss sich konzentrieren!«

Finn murmelt immer wilder vor sich hin. Plötzlich kniet er sich auf den Boden, berührt mit beiden Händen die Erde und schließt die Augen. In dieser Stellung verharrt er einige Minuten.

»Gut«, sagt er schließlich und steht wieder auf. »Der Ort der Kraft ist bereit. Tretet in den Kreis.«

Vorsichtig stellen sich die Freunde zwischen die Steine. Finn holt eine kleine Colaflasche, in der sich eine fahle, grüne Flüssigkeit befindet, aus dem Rucksack.

»Conny, komm zu mir.«

Conny stellt sich vor Finn auf und schaut ihn an, ohne mit der Wimper zu zucken. Finn hält ihr die Flasche hin.

»Das ist ein Weltengängertrank. Ich habe ihn gestern Abend frisch zubereitet. Wenn du ihn trinkst, und wenn du wirklich tief in deinem Innern bereit dafür bist, wirst du mit seiner Hilfe in die Anderswelt gelangen. Für uns wird es so aussehen, als würdest du schlafen. Für dich wird es sein wie ein Traum – allerdings ein sehr realer. Und du wirst dich an alles erinnern können, was dir in der Anderswelt geschieht.«

»Und wie finde ich die Pferdegöttin?«, fragt Conny.

»Sie wird dich finden, wenn sie es will. Vergiss nicht, dass dies ihr heiliges Gebiet ist. Solange du es nicht verlässt, stehst du unter ihrem Schutz. Und erinnere dich immer daran, dass du in der Anderswelt bist. Die Dinge sind dort nicht so, wie sie hier sind. Versuche nicht, alles zu begreifen oder zu erklären, denn dabei kann man wahnsinnig werden. Lass dich nur von deinem Gefühl leiten.«

»Woher weißt du das eigentlich alles, Finn?«, fragt Carla.

»Von jemand, der schon in der Anderswelt war und mir davon erzählt hat.«

»Doch nicht etwa dein feiner Professor Quast?«, fragt Tom.

»Doch. Er ist einer der wenigen Menschen, die die Anderswelt schon mehrmals betreten haben.«

»Auf dessen Tipps würde ich aber pfeifen«, meint Jo.

»Urteile nie zu früh«, entgegnet Finn. »Für uns Menschen ist es sehr schwer, uns zwischen den Welten zu bewegen. Nur einigen ist es vergönnt. Für Tiere ist es viel einfacher – die Kelten glaubten sogar, dass manche Tiere, wie etwa Raben oder Katzen, ständig zwischen den Welten hin und her laufen und manchmal in beiden gleichzeitig leben.«

»Und du meinst, unsere Conny ist eine von denen, die sich in diese komische Anderswelt beamen können?«

»Ich glaube schon«, murmelt Finn. »Ich weiß auch nicht genau, warum ich das glaube. Aber ich spüre, dass sie es kann.«

»Weil ich es eben will«, sagt Conny ungeduldig. »Können wir jetzt anfangen? Wir haben schließlich keine Zeit zu verlieren.«

»Na gut, wenn du es wirklich wagen möchtest …«

»Ja, das habe ich doch schon ein paarmal gesagt, oder?«

»Dann trink den Weltengängertrank ganz aus. Versuche dabei, dich nur auf dich selbst zu konzentrieren. Danach legst du dich hier auf den Boden. Und dann – tja, ich weiß selber nicht genau, was dann kommt, da ich noch nie in der Anderswelt war. Auf jeden Fall solltest du nach ungefähr zwei Stunden wieder zurückkommen. Dir kann es allerdings vorkommen, als wären Tage vergangen. Oder auch nur Minuten, wer weiß. Die Zeit funktioniert anders dort drüben – heute ist morgen und gestern ist in hundert Jahren, die Zeit läuft nicht gerade ab, sie ist einfach immer da. Ich kapiere auch nicht ganz, was das heißen soll, aber du wirst es ja merken. Also bist du bereit?«

»Ja.«

»Gut. Ihr anderen stellt euch im Kreis auf und versucht, all die gute Energie, die ihr in euch habt, auf eure Freundin Conny zu richten.«

»Kein Problem«, sagt Ibi.

»Hey, Conny«, meint Jo plötzlich, »soll ich nicht doch mitkommen in diesen Andersweltzirkus?«

»Nein, Jo. Ich gehe allein. Und ich komme zurück, verlasst euch auf mich.«

»Sonst gibt's auch dicken Stress mit uns«, brummt Jo.

Ohne noch einen Augenblick zu zögern nimmt Conny Finn die Flasche aus der Hand und trinkt sie in einem Zug leer. Die anderen stehen verwundert da und vergessen beinahe, ihre guten Energien in Connys Richtung zu leiten. Conny reicht Finn die leere Flasche, legt sich auf dem Rücken ins Gras, schließt die Augen und schläft mit einem seligen Lächeln auf den Lippen ein.

24. DER RUF DES RABEN

Conny schlägt die Augen auf. Die Sonne scheint ihr ins Gesicht und die Vögel zwitschern überall um sie herum. Das Laub der Bäume über ihr rauscht und es hört sich an, als würde der ganze Wald ruhig und regelmäßig atmen. Sie schließt die Augen wieder und hört dem Atmen der Bäume eine Weile zu. Ewig könnte sie so liegen, dem Rauschen und den Vögeln zuhören und die Sonne im Gesicht spüren. Aber sie weiß, dass sie eine Aufgabe erfüllen muss. Sie denkt an ihr kleines, weißes Fohlen, das in irgendeinem dunklen Verlies steckt und auf sie wartet, und spürt plötzlich, wie eine ungeheure Energie sie durchflutet. Sie steht vorsichtig auf und schaut sich um. Sie befindet sich immer noch in der Mitte des Steinkreises, aber ihre Freunde und Finn sind verschwunden. Alles sieht aus wie vorher – und trotzdem sind die Dinge irgendwie anders geworden. Die Bäume scheinen größer zu sein, das Laub dichter und die Stämme dicker. Die Luft ist noch sauberer und erfrischender als die Siebengebirgsluft, die sie vorher geatmet hat. Sie muss irgendetwas unternehmen, aber was? Während sie noch überlegt, hört sie das Flattern großer Flügel. Ein Rabe lässt sich auf einem der Steine vor ihr nieder. Conny geht einen kleinen Schritt zurück. Sie hatte ganz vergessen, wie groß Raben aus der Nähe aussehen. Der schwarze Vogel krächzt und sieht sie mit schräg gelegtem Kopf an. Conny erwidert den Blick seiner kleinen, runden Augen. Der Rabe krächzt ein zweites Mal und fliegt mit großen Flügelschlägen mitten durch die Baumstämme davon.

»Vielleicht will er mir etwas sagen«, murmelt Conny. »Vielleicht muss ich ihm folgen.«

Sie tastet sich vorsichtig durch den Wald und ist sich jetzt sicher, dass er viel dichter ist als vorher. Neben ihr ertönt plötzlich ein lautes Schnarren. Sie dreht den Kopf mit einem Ruck zur Seite und sieht gerade noch, wie eine große Gottesanbeterin in den Wald springt.

»Solche Tiere gibt es doch gar nicht im Siebengebirge«, wispert Conny. »Was ist hier los? Aber Finn hat gesagt, dass die Dinge hier nicht so sind wie in unserer Welt. Es gibt keinen Grund, sich aufzuregen.«

Sie tastet sich weiter durch das dichte Unterholz und stößt nach einer Weile auf den Weg, über den sie vor einer halben Stunde schon gegangen ist. Er sieht genauso aus wie vorher, ein Trampelpfad aus getrocknetem Lehm. Conny atmet auf. So anders scheint diese Anderswelt wohl doch nicht zu sein. Während sie überlegt, welche Richtung sie einschlagen soll, hört sie plötzlich Stimmen. Ein paar Augenblicke später sind auch Schritte und ein metallisches Klirren wahrnehmbar. Es müssen mehrere Leute sein, die sich ihr auf dem Weg nähern. Conny hat nicht viel Zeit, um nachzudenken. Sie versteckt sich hinter einem dicken Eichenstamm und ist sich ziemlich sicher, dass man sie vom Weg aus nicht sehen kann. Zum Glück hat sie selbst alles gut im Blick. Nach einer Weile sieht sie die Leute, die sie gehört hatte, und beißt sich vor Schreck auf die Lippen. Es sind zehn Männer, die Helme und Schilde tragen. An ihren Gürteln hängen kurze Schwerter und sie halten Speere in den Händen, die sie wie Spazierstöcke benutzen. Ihr Anführer trägt einen verzierten Helm und eine prächtige Rüstung. Offenbar erzählt er seinen Männern einen Witz nach dem anderen, denn sie können sich vor Lachen kaum noch einkriegen. Aber in welcher merkwürdigen Sprache redet er? Ist das nicht Latein? Nie hätte sie gedacht, dass die Latein AG von Direktor Fitzemann jemals zu etwas gut sein könnte. Also müssen diese Leute Römer sein. Oder ist es ein Karnevalsverein aus Königswinter? Nein, sie spürt, dass sich diese Männer nicht verkleidet haben. Und sie ist in der Anderswelt: Die Dinge sind hier nicht so wie in unserer Welt. Jetzt spürt sie auch, dass diese Männer vor allem eines haben: Angst. Die lauten Witze dienen nur dazu, sich abzulenken. In Wirklichkeit würden sie sich am liebsten umdrehen und schreiend weglaufen. Conny erinnert sich an das, was Jo über die Kelten erzählt hat: Manchmal, nach einem großen Trinkgelage, zogen sie sich nackt aus und gingen wild schreiend auf Römerjagd. Kein Wunder, dass diese römischen Soldaten sich fast in die Hose machen. Sie sind im Keltenland. Aber hatte sie denn eine Zeitreise gemacht? Heute ist morgen, hatte Finn gesagt, die Zeit läuft nicht gerade ab, sie ist einfach immer da. Was immer das heißen sollte. Die Römer gehen sehr schnell, offenbar haben sie es eilig, aus dem Wald herauszukommen. Conny wartet, bis sie nicht mehr zu hören sind, und verlässt ihr Versteck. Als sie wieder auf dem Waldweg steht, hört sie zum zweiten Mal das heisere Krächzen des Raben. Er sitzt auf einem Baum ganz in der Nähe und schaut sie auffordernd an. Conny geht zögernd auf ihn zu. Kurz bevor sie ihn erreicht, flattert er wieder auf und setzt sich auf einen anderen Baum, um dort auf sie zu warten.

»Gut«, murmelt Conny, »du willst mich also wirklich irgendwohin führen. Dann folge ich dir.«

25. UNVERHOFFTE BEGEGNUNGEN

Conny folgt dem Raben über verschlungene Pfade, überquert wild rauschende Bäche und klettert über steile Felsen. Immer, wenn sie ihn fast erreicht hat, flattert er wieder davon und lässt sein heiseres Krächzen hören. Conny weiß nicht, wie lange sie dem schwarzen Vogel schon hinterherläuft. Ihr kommt es vor, als wären Stunden vergangen. Aber die Sonne brennt noch immer so heiß vom Himmel wie vorher. Ihr Mund ist ausgetrocknet und ihre Zunge klebt am Gaumen. Als sie wieder einmal einen der kleinen Bäche, die sich durch das Siebengebirge schlängeln, erreicht, hält sie an und kniet sich hin.

»Warte ein bisschen«, ruft sie dem Raben zu. »Ich brauche eine kleine Pause.«

Der Rabe krächzt und fängt an, sich mit dem Schnabel die Flügel zu putzen.

»Sieht so aus, als wäre er einverstanden«, murmelt Conny und formt beide Hände zu einer Schale, aus der sie das eiskalte, klare Wasser trinkt. Sofort fühlt sie sich besser. Sie wirft sich drei oder vier Hand voll Wasser ins Gesicht.

»Das tut gut«, murmelt sie. »Vielleicht lege ich mich ein paar Minütchen hin. Nur ein bisschen, die Sonne scheint so warm …«

Sie legt sich ins Gras und lauscht wieder dem Rauschen der Bäume und dem Zwitschern der Vögel. Dazu gurgelt der Bach neben ihr fröhlich vor sich hin, es ist, als würde er eine lustige Geschichte erzählen. Gleich stehe ich wieder auf, entscheidet sie und schließt die Augen. Sie denkt über das nach, was Finn über die Zeit erzählt hatte – heute ist morgen und gestern ist in hundert Jahren. Ihre Gedanken vermischen sich mit den Geräuschen um sie herum und der Wärme der Sonne auf ihrem Gesicht. War sie vielleicht wieder dabei, einzuschlafen? Plötzlich spürt sie etwas Weiches an ihrem linken Bein. Etwas hat sie gerade berührt. Etwas Lebendiges mit Fell. Conny setzt sich mit einem Ruck hin und reißt die Augen auf. Ihr Herz rast wie ein Presslufthammer. Sie zwingt sich, die Augen auf das zu richten, was sie eben berührt hatte. Direkt neben ihr sitzt ein molliger, gestreifter Kater.

»Mau!«

»Kokolores! Was machst du denn hier?«

»Mau?«

»Du bist doch Kokolores, oder?«

»Mau.«

Der gestreifte Kater klettert Conny auf den Schoß, rollt sich zusammen und wartet darauf, gekrault zu werden. Conny streichelt ihn sanft hinter den Ohren, und schon rasselt er wie eine Horde schnarchender Hamster.

»Ja«, flüstert sie, »du bist wirklich Kokolores. Schön, dass ich hier nicht alleine bin. Wenn Carla wüsste, wo du dich überall rumtreibst, wenn du mal wieder verschwunden bist.«

»Mau?«

»Willst du nicht mitkommen? Ich habe viel weniger Angst, wenn du bei mir bist, Koko.«

Plötzlich krächzt es genau über Connys Kopf. Der große Rabe schießt aus dem Himmel und flattert auf einmal so dicht über ihr, dass sie Angst hat, er würde sich an ihren Haaren festkrallen. Kokolores erschreckt sich genau wie sie, springt ihr vom Schoß, macht einen großen Satz über den Bach und verschwindet zwischen den Büschen auf der anderen Seite.

»Koko! Bleib hier!«

Der Rabe krächzt ein weiteres Mal, schlägt mit den Flügeln und fliegt höher und höher, bis er über den Baumwipfeln verschwindet. Auch von Kokolores ist nichts mehr zu sehen. Conny ist wieder allein.

»Koko …«, murmelt sie noch einmal, aber sie spürt, dass er nicht zurückkommen wird. Und auch der Rabe hat wohl die Geduld mit ihr verloren. Sie ist jetzt wieder allein und fühlt, wie sie langsam in Panik gerät. Was, wenn sie niemals aus dieser komischen Welt zurückkehren kann? Sie würde Jo und die anderen nie wieder sehen. Als sie spürt, wie ihr die Tränen in die Augen schießen, wäscht sie sie sofort mit dem kalten Bachwasser ab und steht auf, auch wenn ihre Knie zittern. Sie hat eine Aufgabe und keine Zeit zu verlieren. Aber wohin soll sie gehen?

Der Stenzelberg, schießt es ihr durch den Kopf. Dort, wo Professor Quast das Druidengrab gefunden hat. Dort muss sie hingehen. Aber wo kann dieser verflixte Berg sein? Conny schaut sich um. Um sie herum sieht sie nichts als Bäume. Und Hinweisschilder, wie es sie im Siebengebirge eigentlich an jeder Weggabelung gibt, hat sie auch noch nicht gesehen. Außerdem ist sie vom Weg abgekommen, als sie dem Raben folgte. Wieder spürt sie, wie eine Welle der Angst durch ihren Körper schwappt. Aber dann beschließt sie, einfach dem Bach zu folgen, denn jeder Wasserlauf führt irgendwohin. Sie geht mit großen Schritten am Ufer entlang und trifft nach wenigen Minuten – oder waren es bloß Sekunden? Oder vielleicht doch Stunden? – auf einen weiteren Trampelpfad, der sich einen Hang hinaufwindet. Erleichtert beschließt sie, ihm in Richtung Gipfel zu folgen. Auch wenn er nicht zum Stenzelberg führen sollte – von oben hätte sie sicher eine bessere Orientierung. Sie macht sich auf den Weg, bleibt aber nach ein paar Schritten wie angewurzelt stehen. Von oben kommt ihr eine Gestalt entgegen. Eine Gestalt, die ihr merkwürdig bekannt vorkommt. Dieser Gang, diese Art, mit den Armen um sich zu rudern, das kann nur einer sein. Aber das ist doch völlig unmöglich!

26. HILFE AUS DEM REICH DER TRÄUME

Conny sucht hektisch nach einer Möglichkeit, sich zu verstecken. Hinter einem dichten Brombeerbusch auf der linken Seite wäre sie vielleicht in Sicherheit. Aber dann zögert sie. Warum sollte man sich immer nur verstecken? Lass dich von deinem Gefühl leiten, hatte Finn gesagt. Und sie fühlt, dass von der Gestalt, die auf sie zukommt, nichts Böses ausgeht. Also rappelt sie ihren ganzen Mut zusammen und geht ihr entgegen. Und bald gibt es keinen Zweifel mehr: die zu kurzen Cordhosen, das karierte Hemd, die Brille, hinter der die lustigen Vogelaugen zwinkern – wer ihr da entgegenkommt, ist niemand anderes als ihr Mathelehrer Stöppkes.

»Hal-lo, Con-stan-ze«, ruft Stöppkes ihr schon aus ein paar Metern Entfernung entgegen, »wie geht es dir? I-st heu-te nicht ein wun-der-ba-res Wet-ter?«

»Mir geht es gut«, murmelt Conny und bleibt vor ihrem Lehrer stehen. »Aber was machen Sie hier, Herr Stöppkes? Wie kommen Sie hierhin?«

»A-ch, ich hal-te ge-rade mein Mittags-schläf-chen. Das ma-che ich im-mer in den Sommer-fe-rien. Wenn ich euch Lause-ban-de un-ter-richten muss, geht das ja lei-der nicht.«

»Aber Sie schlafen doch gar nicht.«

»Do-ch, Con-stan-ze. Ich träu-me ge-rade. Ich träume oft von mei-nen schö-nen Aus-flü-gen ins Siebenge-birge. Lei-der wer-de ich mich nach dem Aufwachen mal wie-der an nichts er-innern. Scha-de.«

»Kann das sein?«, wispert Conny. »Ich bin in der Anderswelt, und Sie, Sie sind in Ihren Träumen. Und da begegnen wir uns?«

»Wa-rum denn ni-cht? Was ist denn schon Rea-lität, und was ist Traum? A-ber wir tref-fen uns ja si-cher nicht aus Zu-fall. Kann ich dir ir-gend-wie hel-fen?«

»Ja, Herr Stöppkes! Ich muss dringend zum Stenzelberg. Wissen Sie zufällig den Weg dorthin?«

»Der Sten-zel-berg, na-türlich. Dort bin ich oft hinge-wandert, es gibt näm-lich ein-en äu-ßerst in-te-ressan-ten Stein-bruch dort. Al-so, von hier aus gehst du noch un-ge-fähr hun-dert Schrit-te gera-de-aus, dann fin-dest du eine Abzwei-gung nach links, der du folgst. Nach wei-teren tau-send Schrit-ten siehst du ei-ne gro-ße Ei-che auf der rech-ten Sei-te. Dort gehst du aber-mals nach links und fin-dest ei-nen stei-len Pfad, der ge-radewegs zum Sten-zel-berg führt.«

»Danke, Herr Stöppkes!«

»Kei-ne Ur-sache. A-ber ich muss jetzt weg, ich träume gleich von et-was an-derem. Tschüss und viel Glück!«

Herr Stöppkes schlendert sorglos pfeifend, die Hände in den Hosentaschen, davon. Nach wenigen Schritten ist er hinter einer Wegbiegung verschwunden.

Conny versucht, sich nicht allzu viele Gedanken über diese merkwürdige Begegnung zu machen, und folgt Herrn Stöppkes Wegbeschreibung. Tatsächlich findet sie nach hundert Schritten, die sie sorgfältig zählt, eine Abzweigung nach links. Nach einer anstrengenden Wanderung von genau tausend Schritten steht sie vor der großen Eiche. Auf einem ihrer knorrigen Äste sitzt der große Rabe, der sie zur Begrüßung ankrächzt.

»Du bist also auch wieder da«, flüstert Conny. Der Rabe spreizt seine Flügel und flattert ein paar Bäume weiter.

»Ich soll ihm wohl wieder folgen. Und es ist genau die gleiche Richtung, die Herr Stöppkes mir beschrieben hat«, murmelt Conny. Sie stolpert über einen steilen Pfad, muss immer wieder über kantige Felsen klettern und gelangt schließlich zum Gipfel des Stenzelbergs. Sie findet die Stelle, an der sie vor ein paar Tagen mit ihren Freunden gestanden hatte, und lässt ihren Blick über das Land schweifen. Die Aussicht ist wieder atemberaubend. Der Rhein windet sich durch die Täler, zwischen den grünen Hügeln liegen kleine Dörfer, irgendwo steigt der Rauch eines Feuers auf. Sogar den Dom kann sie am Horizont erkennen. Der Rabe krächzt ein letztes Mal, flattert auf, schwingt sich in einem eleganten Bogen vom Gipfel hinab und lässt sich auf seinen schwarzen Schwingen über das Land tragen. Conny sieht ihm nach, bis er nur noch als kleiner Punkt am Himmel zu sehen ist.

»Tschüss, und dir auch vielen Dank«, flüstert sie und schaut wieder in die Ferne. Der Dom, der eben noch klar zu erkennen war, ist plötzlich verschwunden. Oder ist er doch zu sehen? Die Landschaft verschwimmt vor ihren Augen. Conny legt die Hände an die Schläfen und hört plötzlich ein leises Schnauben hinter sich. Ganz langsam dreht sie sich um. Ein paar Schritte vor ihr steht das weiße Pferd, das sie vor ein paar Tagen im Wald getroffen hatte. Es sieht sie aus großen braunen, weisen Augen an. Die Stute ist noch viel weißer, als Conny sie in Erinnerung hatte, fast sieht es aus, als würde ein strahlendes, sanftes Licht von ihr ausgehen. Conny spürt, wie ihr Herz immer stärker klopft und ihr gleichzeitig immer wärmer wird. Sie fühlt, dass sie an ihrem Ziel angekommen ist.

»Bist du es?«, wispert sie. »Bist du Epona?«

27. EPONAS BOTSCHAFT

Conny erwartet natürlich nicht im Ernst, dass die weiße Stute zu sprechen beginnt und ihr antwortet. Das Pferd senkt seinen Kopf und schüttelt leicht seine Mähne. Conny spürt, dass sie gerade dazu aufgefordert wurde, näher zu kommen. Schritt für Schritt geht sie nach vorne. Als sie direkt vor Epona steht, streckt sie behutsam die Hand aus und legt sie ihr auf die Nüstern. Die Stute öffnet die Augen wieder und Conny hat das Gefühl, als könnte sie in ihnen versinken. Und mit einem Mal spricht Epona doch zu ihr. Sie spricht nicht mit Worten, sondern mit einem Gefühl, das so stark ist, dass Conny sich nach vorne

lehnen muss und die Arme um den Hals des Pferdes schlingt.

»Es gibt keinen Grund, Angst zu haben«, sagt das Gefühl, »ich beschütze dich und nichts kann dir passieren. Tu nur das, was dein Herz dir sagt.«

Das ist die Botschaft Eponas. Solange Conny mit geschlossenen Augen dasteht und die Stute umarmt, durchströmt sie dieses Gefühl. So lange, bis es sie ganz und gar durchdrungen hat und sie ganz sicher ist, dass es stimmt: Ihr und Sükür wird nichts passieren, wenn sie das tut, was ihr Herz ihr sagt. Conny löst sich aus der Umarmung und schaut Epona in die Augen.

»Danke«, wispert sie. »Jetzt weiß ich, dass alles gut wird.«

Die Stute wiehert leise und dreht sich zur Seite. Conny versteht sofort, hält sich an ihrer Mähne fest und schwingt sich auf ihren Rücken. Epona beginnt zu traben. Conny sitzt so sicher und bequem, dass sie das Gefühl hat, sie wäre mit dem Pferd zu einer Einheit verschmolzen. Epona fällt in den Galopp. Sie rast durch den dichten Wald, aber sie macht das so geschickt, dass Conny keine Zweige oder Dornen ins Gesicht peitschen. Die Hufe klingen dumpf auf dem weichen Waldboden, aber Conny hat das Gefühl, als würden sie die Erde gar nicht berühren. Epona wird immer schneller. Conny kommt es vor, als würden sie gleich abheben und über den Drachenfels segeln. Aber nach einer Weile wird der Ritt langsamer und schließlich hält Epona an. Sie wirft den Kopf nach hinten und wiehert kurz. Conny versteht und steigt ab. Sie sieht sich um und stellt fest, dass sie wieder in dem Steinkreis steht, in dem ihre Reise in die Anderswelt begonnen hat. Und auf einmal fühlt sie sich auch sehr, sehr müde. Epona tänzelt mit den Hufen auf der Stelle.

»Du musst weg, ich verstehe«, murmelt Conny. »Ich danke dir. Ich habe jetzt keine Angst mehr um Sükür. Du wirst nie zulassen, dass ihm etwas passiert. Vielleicht sehen wir uns einmal wieder …«

Die weiße Stute wiehert noch einmal, macht auf der Hinterhand kehrt und galoppiert zurück in den dunklen Wald. Conny legt sich in der Mitte des Steinkreises ins weiche Gras und schließt die Augen. Bald schläft sie mit einem seligen Lächeln auf den Lippen ein.

Sie erwacht sehr unsanft dadurch, dass vier Pfoten mit Schwung auf ihrem Bauch landen.

»Mau!!!«

»Kokolores …« Conny öffnet die Augen. Kokolores sitzt auf ihrem Bauch und grinst sein berühmtes Katzengrinsen.

»Koko, spinnst du? Lass Conny in Ruhe, die gurkt in der Anderswelt rum!« Carlas Hand erscheint in Connys Blickfeld und hebt den fauchenden Kater am Nackenfell hoch.

»Schon gut, Carla. Ich bin wieder da.«

»Conny!« Carla lässt Kokolores fallen. Der Kater landet auf allen vieren im Gras und stolziert mit gesträubtem Fell davon. Carla rennt auf Conny zu und umarmt sie stürmisch. Auch Ibi, Jo und Tom laufen zu ihr und bald türmen sie sich übereinander wie Fußballspieler nach einem Tor gegen Bayern in der neunzigsten Minute. Ehe sie sich versieht, fliegt Conny ein paarmal in die Luft und wird von den Freunden wieder aufgefangen.

»Conny lebe hoch! Sie lebe hoch! Hoch! Hoch!«

»Was ist denn mit euch los? Seid ihr inzwischen ein Kegelclub geworden?« Conny ist schwindelig, und nach dem Schleudergang setzt sie sich erst einmal ins Gras.

»Und?«, fragt Jo. »Warst du wirklich drüben in der Anderswelt? Oder hast du nur 'ne Runde gepennt?«

»Ich war dort. Ich habe Epona getroffen.«

»Echt? Erzähl mal!«

»Nicht jetzt. Wir haben keine Zeit zu verlieren. Wir müssen in die Ofenkaulen. Wo ist Finn?«

»Hier.« Finn sitzt etwas abseits auf einem der Felsen des Steinkreises. Er mustert Conny neugierig und etwas besorgt.

»Du hast Epona also getroffen?«

»Ja.«

»Bist du dir ganz sicher?«

»Supersicher.«

»Und was ist ihre Botschaft?«

»Ich muss auf mein Herz hören. Und mir wird nichts passieren.«

Finn runzelt die Stirn.

»Ich bin nicht sicher, ob der Weltengängertrank funktioniert hat. Vielleicht hast du ja nur wild geträumt.«

»Doch, das hat er, Finn! Ich war in der Anderswelt. Ich bin dem Raben gefolgt … ich … ich weiß, dass wir keine Zeit mehr verlieren dürfen. Ich muss meinem Gefühl folgen und das sagt mir, dass Sükür mich jetzt braucht. Also müssen wir in die Höhlen.«

»Aber das ist Wahnsinn, Conny!«

»Dann gehe ich eben alleine. Oder kommt ihr mit, Leute?«

Auf den Gesichtern von Carla, Ibi, Jo und Tom erscheint ein diebisches Grinsen.

»Och, warum eigentlich nicht?«

»Kleiner Spaziergang in den Höhlen.«

»Krasse Fledermäuse checken.«

»Ist sowieso zu heiß hier draußen.«

Conny strahlt zufrieden und wendet sich wieder an Finn.

»Und? Willst du als Einziger hier bleiben?«

Finn schaut die Freunde verzweifelt an.

»Aber was ist, wenn euch was passiert? Dann bin ich nachher an allem schuld.«

»Conny hat doch schon gesagt, dass uns nichts passieren wird«, meint Jo. »Das hat ihr jemand geflüstert, der's wissen muss. Vertraust du etwa deinen Kelten nicht mehr?«

»Doch, aber …«

»Komm schon, Finn«, sagt Tom. »Wir machen so was die ganze Zeit. Deshalb sind wir auch gut vorbereitet.« Tom öffnet seinen Rucksack und bringt fünf große Taschenlampen, zehn Ersatzbatterien, ein starkes Seil, einen Haufen alter Pullover und einen Turnbeutel voller Snickers zum Vorschein. »Damit fühlen wir uns in den Höhlen wie zu Hause.«

»Und was machen wir, wenn wir den Druiden begegnen?«

»Och, uns fällt schon was ein.«

»Ihr seid wirklich völlig durchgeknallt.«

»Deshalb kennt man uns ja auch als Kokolores & Co. Und jetzt komm schon, Finn!«

»Mir bleibt wohl nichts anderes übrig, was?«

»Nicht wirklich«, grinst Tom und reicht Finn eine der Taschenlampen.

28. RÜCKKEHR IN DIE DUNKELHEIT

»Wollen wir den gleichen Eingang nehmen, wie letztes Mal?«, fragt Tom. »Von da aus kennen wir den Weg. Zumindest sind wir schon mal da unten rumgekrabbelt.«

»Ihr wart schon einmal in den Ofenkaulen?«, fragt Finn entgeistert.

»Ja, das war aber mehr ein Versehen. Ohne Taschenlampen war es da ganz schön finster.«

»Ihr wart ohne Taschenlampen da? Wie zum Teufel seid ihr wieder rausgekommen?«

»Professor Quast hat uns gerettet. Jetzt denkt er wohl, er hätte was gut bei uns. Aber das gibt ihm noch lange nicht das Recht, Sükür abzumurksen.«

»Genau«, sagt Jo, »wir werden ihm einen Strich durch die Rechnung machen. In die Suppe spucken. Die Tour verderben. Die Show vermasseln. Steine in den Weg legen …«

»Schon gut, Jo. Na, dann lasst uns mal gehen.«

Die Freunde stapfen quer durch den Wald und finden ohne Mühe die große Buche, unter der der versteckte Eingang in die Ofenkaulen liegt. Carla und Jo stemmen die rostige Gittertür in dem kleinen gemauerten Häuschen gemeinsam auf.

»Ich hätte noch eine winzige Frage, bevor wir da reingehen«, sagt Ibi. »Es ist vielleicht nicht so wichtig für euch, aber ich würde gerne wissen, wie wir dieses Mal aus den Höhlen wieder rauskommen. Noch mal rettet uns der Professor nicht, erst recht nicht, wenn wir ihm in die Suppe spucken. Und ich glaube, auch mit Taschenlampen kann man sich da unten ganz prima verirren.«

»Ich war auch erst einmal in den Ofenkaulen«, meint Finn. »Ich verlaufe mich da unten bestimmt genauso leicht wie ihr. Sollen wir es nicht doch lieber lassen?«

»Auf keinen Fall!«, sagt Conny entschlossen. »Wir gehen da rein. Und wir kommen auch wieder raus, denn wir werden es wie Ariadne und Theseus machen.«

»Muss ich die kennen?«, fragt Ibi.

»Vielleicht sind die in der 6c«, überlegt Tom.

»Typisch, ihr habt mal wieder überhaupt keine Ahnung. Die Sache mit Ariadne und Theseus ist eine berühmte Geschichte, sie spielt im alten Griechenland. Wollt ihr sie hören?«

»Nur wenn's ganz schnell geht, Conny.«

»Okay: Minos, der König von Kreta, hatte ein riesiges Labyrinth. Irgendwo da drin lauerte ein furchtbares Ungeheuer, halb Mensch, halb Tier: der Minotaurus. Jedes Jahr fraß er sieben Jungen und sieben Mädchen. Theseus, einer dieser griechischen Helden, wollte dem Spuk ein Ende bereiten und den Minotaurus killen. Also ist er in das Labyrinth gegangen. Und er hatte Glück, dass sich Ariadne, die Tochter des König Minos, in ihn verknallt hatte. Sie wusste, dass man ohne Hilfe nicht mehr aus dem Labyrinth herausfindet. Also hat sie Theseus vorher einen langen roten Faden gegeben. Er hat ihn am Eingang angebunden und im Labyrinth abgespult. So hat er den Weg zurückgefunden, nachdem er den Minotaurus mit dem magischen Schwert, das ihm Ariadne auch zugesteckt hatte, besiegt hatte.«

»Ziemlich clever, diese Griechen«, sagt Jo. »Nur schade, dass wir keinen langen, roten Faden haben.«

»Natürlich haben wir einen. Denkst du, ich bin blöd, oder was?« Conny holt ein großes Knäuel aus rotem Zwirn aus ihrer Jackentasche und bindet den Anfang des Fadens fest um die große Buche vor dem Eingang zu den Höhlen. Sie tarnt den Faden mit Moos und Gräsern, damit niemand ihn entdeckt und womöglich auf die Idee kommt, ihn durchzuschneiden.

»Jetzt kann's losgehen. Und seid bitte leise, damit hier nicht gleich wieder diese geflügelten Ratten durch die Gegend flattern. Es ist schon schlimm genug, dass die da unten auf mich warten.«

»Fledermäuse sind sehr liebe und nützliche Tiere!«

»Ich weiß, dass du sie magst, Ibi. Du kannst ja später mal eine heiraten.«

»Lasst uns endlich losgehen«, sagt Tom. »Bis zum Sonnenuntergang ist zwar noch viel Zeit, aber wir wissen nicht, wie lange wir brauchen, um die Druiden zu finden. Wenn wir zu spät kommen, ist alles verloren.«

Tom macht den ersten Schritt nach unten. Wieder schlägt ihm die kalte, feuchte Luft aus der Dunkelheit entgegen. Finn und die anderen folgen ihm schweigend. Conny, die als Einzige keine Taschenlampe, sondern den Faden der Ariadne in der Hand hält, ist die Letzte, die das Sonnenlicht verlässt und in die Dunkelheit eintritt. Kurz bevor sie in der Höhle verschwindet, sieht sie sich noch einmal um und blinzelt in die Sonne.

»Ich soll meinem Herzen folgen«, murmelt sie, »aber führt mein Herz mich wirklich hierhin?«

»Kommst du, Conny?«, ruft Jo aus der Höhle.

»Ja … ja, ich komme schon.«

Als sie das Eisengitter hinter sich schließen will, huscht ein gestreifter Kater zwischen ihren Beinen hindurch in die Höhle.

»Kokolores! Gut, dass du bei uns bist.«

Kreischend schließt sich die Tür, und Conny stolpert dem Licht der Taschenlampen hinterher.

29. KÖLNISCH WASSER

Die Freunde tasten sich vorsichtig durch die riesigen Höhlen. Auch mit den starken Taschenlampen ist es unheimlich und bedrückend, durch das finstere, stille Gewölbe zu gehen. Schon bald stoßen sie auf die ersten Gänge, die von der Haupthöhle abgehen.

»Wo geht's lang, Finn?«, wispert Carla.

»Wie soll ich das wissen? Als mich die Druiden in die Ofenkaulen geführt haben, hat man mir die Augen verbunden. Ich weiß auch nicht, welchen Eingang wir damals genommen haben. Und auf dem Rückweg war es das Gleiche. Ich habe nur einen riesigen Saal gesehen – er war so hoch wie eine Kirche, mit riesigen Pfeilern. Die Wände waren über und über mit Symbolen der Druiden bemalt. Diesen Saal müssen wir finden. Aber ich weiß nicht mal, in welchem Stockwerk er liegt.«

»Hast du gerade Stockwerk gesagt?«

»Klar. Die Ofenkaulen gehen richtig tief in die Erde, es gibt vier Ebenen, oder sogar mehr.«

»Das wird ja ein Spaß«, murmelt Tom.

»Conny!«, ruft Jo. »Du hast doch dieses dolle Gefühl, dem du folgst. Wo müssen wir lang? Links oder rechts?«

»Ähm … links! Glaube ich …«

»Okay, dann gehen wir links.«

Die Freunde dringen immer tiefer in das Labyrinth ein. Conny muss wieder und wieder die Entscheidung treffen, in welche Richtung es gehen soll, und sie fühlt sich bei jedem Mal unwohler dabei. In Wirklichkeit spürt sie nämlich gar nichts – sie hat, genau wie die anderen, nicht den leisesten Schimmer, in welche Richtung es geht. Das Zwirnknäuel in Connys Hand wird immer dünner. Bis auf die Wassertropfen, die von der Decke fallen, und die tastenden Schritte der Freunde ist es vollkommen still. Wie immer, wenn sie unter der Erde sind, verlieren die Freunde ihr Zeitgefühl und wissen nicht, wie lange sie schon unterwegs sind. Zum Glück hat Finn am Höhleneingang noch auf die Uhr geschaut.

»Leute, wir sind jetzt schon eine Stunde unterwegs«, flüstert er, als die Freunde wieder einmal aus einem der kleineren Gänge in eine große Grotte gelangen. »Wollen wir nicht eine kleine Pause machen? Sonst drehen wir hier noch durch.«

»Mau!«, hallt es zustimmend durch die Dunkelheit.

»Okay«, sagt Tom und setzt seinen Rucksack auf die Erde. Er leuchtet mit seiner Lampe hinein, um etwas Essbares zu finden. Die Freunde setzen sich im Kreis auf ihre Rucksäcke und legen die Taschenlampen beiseite. Tom verteilt eine Runde Snickers und die Freunde mümmeln schweigend vor sich hin.

»Wie weit ist es denn noch, Conny?«, fragt Tom schließlich.

»Lasst mich in Ruhe mit euren Fragen!«, faucht Conny zurück. »Ich weiß auch nicht mehr als ihr. Ich bin genauso verloren wie ihr. Epona hat mir leider keinen Höhlenplan mit Wegbeschreibung gegeben.«

»Aber du wolltest doch deinem Gefühl folgen …«

»Mein Gefühl sagt mir, dass ich Sükür retten muss. Und dass wir das auch schaffen können. Aber es sagt mir nicht, wohin wir in dieser Scheißhöhle gehen sollen.«

»Wow, Conny, solche Wörter benutzt du ja sonst nie!«

»Da kann man mal sehen, wie sauer sie ist«, sagt Jo und wuschelt Conny durchs Haar. »Aber keine Bange, Puppe. Wir finden die Druidenspinner. Und wenn diese abgefaulte Höhle so groß wie ganz Köln ist – wir finden sie einfach. Verlass dich drauf.«

»Danke, Jo! Irgendwie schaffst du es immer, das Richtige zu sagen.«

»Hast du eigentlich gerade gepupst, Conny?«

»Jo, was soll das denn? Ich nehme alles zurück, du unverschämter Typ.«

»Also habe ich Recht«, grinst Jo.

»Natürlich nicht.«

»Wohl.«

»Nein.«

»Doch!«

»Hört doch auf, hier rumzuzicken«, sagt Ibi. »Was hier so riecht, ist kein Pups, sondern Parfüm.«

»Etwa wieder dein widerliches Jungle Fever?«

»Quatsch, Tom, wie kannst du das denn verwechseln? Das ist irgendwas für Omas, riecht doch mal.«

Die Freunde schnüffeln in der Höhle herum. Es liegt ganz eindeutig ein Parfümgeruch in der Luft, aber man kann unmöglich sagen, woher er kommt.

»Bestimmt sind die Druiden in der Nähe«, flüstert Carla.

»Du meinst, die benutzen gerne Omaparfüm?«

»Könnte ja sein …«

»Oder Fledermauskacke riecht zufällig wie Aftershave«, meint Ibi.

»Ich weiß, was das für ein Geruch ist«, wispert Finn plötzlich. »Ich erinnere mich genau: Dieser Duft ist mir auch aufgefallen, als ich mit verbundenen Augen zum Saal der Druiden geführt wurde. Die Druiden haben mir auch erklärt, woher er stammt: Im Zweiten Weltkrieg, als in Köln die Bomben fielen, hat man hier riesige Vorräte an Kölnisch Wasser versteckt - fünfundvierzigtausend Liter hoch konzentriertes Parfüm, um genau zu sein. Vor den Bomben war das Zeug hier natürlich gut geschützt, als der Krieg aber vorbei war, kamen die Amerikaner in die Ofenkaulen und entdeckten die Fässer. Für sie war klar: Das ist alles Schnaps! Vielleicht haben sie den angeblichen Schnaps probiert und angeekelt wieder ausgespuckt – auf jeden Fall haben sie alle Fässer zerstört und das Kölnisch Wasser ist in den Stein gesickert. Und deshalb riecht es hier heute noch wie in der Glockengasse in Köln.«

»Aber der Zweite Weltkrieg ist doch schon sechzig Jahre vorbei«, sagt Conny, »kann das Parfüm da immer noch duften?«

»Wie ihr riecht, schon. Der Geruch ist natürlich nicht mehr ganz so, wie er sein sollte. Deshalb hat er Jo erst auch an einen Pups erinnert.«

»Das ist ja alles sehr interessant«, sagt Tom, »aber es hilft uns kein bisschen, Sükür und die Druiden zu finden.«

»Doch«, entgegnet Finn. »Denn wenn es hier nach Parfüm riecht, muss der Saal ganz in der Nähe sein. Ich erinnere mich, dass irgendwo in der Nähe eine steile Treppe nach unten ging. Wenn wir die finden, haben wir gewonnen.«

»Dann los«, sagt Carla, »Snickers futtern können wir später auch noch!«

30. AM ZIEL

Mit neuer Energie machen sich die Freunde auf die Suche nach der Treppe. Nach ein paar Minuten entdeckt Tom etwas. Es ist ein leuchtend gelb-schwarzer Feuersalamander, der auf dem Boden sitzt. Finn erklärt den Freunden, dass diese Salamander zusammen mit den Fledermäusen so ziemlich die einzigen Tiere sind, die in den Ofenkaulen überleben können. Als sie sich zu ihm herabbeugen, bemerken sie, dass der Salamander auf einer Falltür aus Holz sitzt. Vorsichtig nimmt Ibi ihn herunter. Die Falltür lässt sich öffnen und darunter kommt die Treppe zum Vorschein, von der Finn gesprochen hatte.

»Da müssen wir also runter«, murmelt Tom. »Danke, Lurchi, dass du uns den Weg gezeigt hast.«

»Wir müssen nicht dorthin«, sagt Finn. »Wir können auch umkehren.«

»Das kommt nicht in Frage!« Conny setzt einen Fuß auf die oberste Treppenstufe. »Oder möchtest du alleine zurückgehen und auf uns warten?«

Finn lässt die Schultern hängen.

»Nein. Natürlich komme ich mit. Ich hoffe nur, dass, falls ich einmal eine Tochter haben sollte, sie nicht so ein Dickkopf wird wie du.«

»Keine Chance, Finn«, sagt Jo. »Die Mädchen sind alle so.«

»Echt?«

»Ganz bestimmt. Guck dir Carla und Conny an. Zwei von den zwei Mädchen, die hier sind, wollen ständig mit dem Kopf durch die Wand rennen. Und zwei von zwei sind hundert Prozent.«

»Da ist was dran …«

Inzwischen ist Conny am Fuß der Treppe angelangt.

»Hier ist ein langer Gang«, flüstert sie nach oben, »auf einer Seite ist er eingestürzt.«

»Warte, wir kommen!«

Die Freunde steigen so leise wie möglich die Treppe hinunter. Der Gang ist ungefähr drei Meter hoch und schnurgerade. Von der Decke fallen hier und da schwere Wassertropfen. Direkt neben der Treppe ist ein Felsbrocken aus der Decke gestürzt. Er ist ungefähr so groß wie ein Auto.

»Ich möchte nicht hier sein, wenn so ein Koloss von der Decke kracht«, wispert Ibi.

»Das könnte aber passieren«, flüstert Finn. »Die Ofenkaueln fallen nach und nach zusammen. Irgendwann sind alle Höhlen eingestürzt.«

»Sag uns jetzt nicht so was, Finn!«

»Ich habe euch doch schon vorher gesagt, dass es lebensgefährlich ist, die Ofenkaulen zu betreten. Auch ohne Druiden.«

»Ach was, heute muss die Decke noch halten«, sagt Jo. »Morgen darf sie dann einkrachen.«

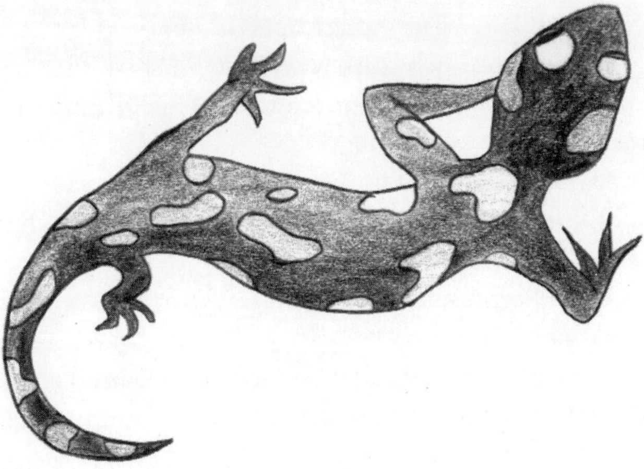

»Hoffentlich hält sie sich dran.«

»Ich warn dich, Decke! Fall runter, und du kriegst es mit mir zu tun!« Ibi schüttelt die Faust über seinem Kopf.

»Auf jeden Fall geht es hier nur in eine Richtung weiter.« Carla macht ein paar vorsichtige Schritte in den Gang. »Das heißt, dass wir auf dem richtigen Weg sind. Finn, wie weit war es von der Treppe bis zum Saal der Druiden?«

»Nicht weit – etwa zehn Minuten oder so.«

»Okay – die Sonne geht in etwa zwei Stunden unter. Also haben wir noch genug Zeit, um uns ein Versteck zu suchen.«

So leise wie möglich schleichen die Freunde durch den Gang. Nach weniger als zehn Minuten gelangen sie zu einer großen Metalltür, auf der ein riesiges Symbol prangt.

»Das Zeichen der Epona«, wispert Carla.

»Wir haben den Saal gefunden«, flüstert Tom. »Aber wir können doch nicht einfach so reinspazieren.«

Carla legt ihr Ohr an die Tür.

»Man hört nichts von der anderen Seite. Aber vielleicht ist die Tür einfach nur zu dick.«

»Ich glaube nicht, dass es schlau ist, hier so rumzustehen. Jeden Moment kann da jemand rauskommen.«

»Aber wo sollen wir denn hin?«

»Es muss doch einen zweiten Eingang in diesen Saal geben. Sonst ist es nicht fair.«

»Wer sagt, dass hier irgendwas fair sein muss?«, brummt Finn.

Kokolores stolziert währenddessen im Gang auf und ab. Plötzlich bleibt er stehen, schaut die Wand an und lässt ein lautes »Mau!« vom Stapel.

»Ich glaube, Koko hat was gefunden«, flüstert Carla. Die Freunde leuchten mit den Taschenlampen die Wand ab.

»Da!«, wispert Tom. »Ich habe es gefunden. Seht ihr diesen Spalt in der Wand? Da oben, fast unter der Decke.«

»Stimmt«, flüstert Carla. »Aber er ist winzig klein. Wer von uns könnte sich da durch quetschen? Und führt er überhaupt irgendwohin? Und wie kommen wir da hoch?«

»Conny, was sagt dein Gefühl?«

»Ich … ich weiß nicht, Ibi. Ich habe ein bisschen Angst.«

»Papperlapapp«, sagt Carla. »Es gibt nur eine Möglichkeit, rauszufinden, was mit diesem Spalt los ist. Einer von uns muss da durchkrabbeln. Jemand, der klein und biegsam ist. Und das bin ich.«

»Carla, das meinst du doch nicht ernst, oder?«

»Ich vertraue Kokolores, Finn. Er wird doch nicht irgendein Monsternest anmiauen, oder?«

»Oh doch«, meint Jo, »das wäre mal wieder typisch Koko.«

»Mau?«

Carla zuckt mit den Schultern.

»Helft ihr mir? Oder soll ich wie Spiderman da hochklettern?«

Die Freunde bauen eine Art menschliche Pyramide. Tom steht auf Finns Schultern und Ibi auf denen von Tom. Conny und Jo stützen das Ganze von der Seite. Carla klemmt sich eine Taschenlampe zwischen die Zähne und klettert auf dieser Konstruktion nach oben.

»Aua, das war mein Kopf!«

»'tschuldigung, Tom! Aber da kann doch nicht viel passieren.«

»Haha, Carla.«

Carla schafft es schließlich, auf Ibis Schultern zu stehen und sich am Rand des Spalts festzuhalten. Halb zieht sie sich hinein, halb wird sie von den anderen gedrückt.

»Ich passe rein«, kommt es dumpf aus dem Felsen, »aber ich hoffe, ich passe auf dem Rückweg immer noch durch!«

»Viel Glück, Carla«, wispert Conny.

Carla robbt sich vor, und als Letztes verschwinden ihre Füße im Fels.

»Mau?« Kokolores guckt mit großen Augen auf das Loch, das Carla gerade verschluckt hat.

31. DER GROSSE IRRTUM

Der Tunnel ist so eng, dass Carla sich wie ein Seehund mit angezogenen Armen nach vorne robben muss. Die Taschenlampe hält sie weiter mit den Zähnen fest. Der Stein ist feucht und rau, die schwere, dicke Luft riecht nach Moder. Nach ein paar Minuten gelangt sie zu einer Stelle, die so eng ist, dass sie ganz tief ausatmen muss, um sich durchzuquetschen. Aber direkt danach verbreitert sich der Tunnel wieder und bald kann Carla sogar gebückt gehen. Der Gang windet sich wie eine Schlange durch den Fels. Carla geht weiter und steht plötzlich vor einem Haufen Geröll. Wieder ist sie an einer Stelle angelangt, an der die Decke eingestürzt ist. Vorsichtig klettert sie über ein paar größere Felsblöcke. Sie findet eine Ritze und schaut hindurch. Sie sieht eine riesige, hohe Halle, deren Decke von vielen Säulen getragen wird, und zweifelt keine Sekunde daran, dass sie den Saal der Druiden gefunden hat. Wie Finn es beschrieben hatte, sind die Wände über und über mit keltischen Symbolen bedeckt. In der Mitte des Raums steht ein riesiger Bronzekessel, aber ansonsten ist der Saal leer. Carla klettert wieder zurück in den Tunnel und sieht sich die Stelle, an der die Decke eingestürzt ist, genau an. Sie findet ein paar kleinere Felsbrocken, die sie zur Seite räumen kann. Sie schleppt und keucht wie eine Wilde und schafft es, einen engen Durchgang freizuschaufeln, durch den sie den Saal der Druiden betreten kann. Sie windet sich hindurch, betritt die riesige Halle und leuchtet die Wände mit ihrer Taschenlampe ab. Die keltischen Zeichen ziehen sie wie magisch an, doch gleichzeitig machen sie ihr Angst. Sie sucht den ganzen Saal ab, aber bis auf den großen Kessel, auf dessen Boden ein paar Knochen liegen, findet sie nichts. Carla schüttelt sich. Sie will lieber nicht wissen, woher diese Knochen stammen. An einem Ende des Raums befindet sich die große Metalltür, die Carla und die anderen schon von der anderen Seite aus gesehen haben. Vorsichtig drückt sie die Klinke herunter und zieht sie fest zu sich. Mit einem tiefen Ächzen öffnet sich die Tür.

»Aaaaaahhhhhhhhh!!!« Ein Schrei aus vielen Kehlen ertönt von der anderen Seite.

»Keine Angst, ihr Waschlappen! Ich bin's nur, Carla!«

»Carla!«

»Hier ist er, Leute: der Saal der Druiden!«

Die anderen betreten staunend die große, leere Halle.

»Niemand da«, flüstert Jo.

»Vielleicht kommen die noch!«, wispert Carla. »Ich habe eine Stelle gefunden, wo wir uns gut verstecken können.«

»Niemand wird kommen«, sagt Conny und lässt den Kopf sinken.

»Warum nicht? Wie kannst du dir so sicher sein, Conny?«

»Es wird niemand kommen. Ich hätte besser auf mein Gefühl hören sollen.«

»Wie meinst du das jetzt, Conny?«

»Ich hatte ein komisches Gefühl, als wir in die Ofenkaulen gegangen sind. Es war nur ein ganz kurzer Moment. Ich habe gedacht, es hätte nichts zu bedeuten.«

»Also sind wir umsonst in diese Horrorhöhle gelatscht?« Tom sieht aus, als hätte man ihm gerade ein nasses Handtuch ins Gesicht geschleudert.

»Es tut mir Leid …«

»Ach, Quatsch. Conny kann doch nichts dafür.« Jo nimmt Conny in den Arm.

»Vielleicht treffen sich die Druiden gar nicht heute«, murmelt Carla. »Vielleicht haben sie das Ritual schon gestern abgehalten und wir sind einfach einen Tag zu spät.«

»Ganz bestimmt nicht«, meint Finn. »Heute ist Lughnasadh. Die Druiden müssen das Ritual heute abhalten, sonst stören sie das Gleichgewicht der Kräfte.«

»Dann tun sie das vielleicht an einem anderen Ort«, überlegt Tom.

»Ja! Das muss es sein«, ruft Finn. »Verdammt, ich habe auch nicht richtig nachgedacht. Bei vielen druidischen Ritualen spielen die Sonne, der Mond und die Sterne eine große Rolle. Bestimmt wollen sie ihr Ritual unter freiem Himmel abhalten.«

»Und ich weiß auch, wo«, sagt Conny. »Dort, wo mir Epona begegnet ist. Bei ihrem Grab auf dem Stenzelberg. Da müssen wir hin.«

»Worauf warten wir dann noch?«, fragt Carla. »In weniger als einer Stunde geht die Sonne unter. Wir müssen uns tierisch beeilen, sonst schaffen wir es nicht mehr. Conny, du hast doch hoffentlich noch den Faden?«

»Klar.«

»Dann nichts wie zurück an die frische Luft!«

»Wo ist eigentlich Kokolores?«

»Keine Ahnung. Bestimmt sitzt er längst schon wieder draußen und schnuppert an irgendwelchen Blümchen rum.«

Die Freunde schließen die schwere Tür zum Saal der Druiden, hasten den Gang entlang, die Treppe hinauf und landen in dem Bereich der Höhle, in dem es nach Kölnisch Wasser riecht.

»Gut, dass wir den Faden haben«, sagt Conny. »Ohne wüsste ich echt nicht mehr, wo wir hergekommen sind. Moment … was ist das denn?«

»Was ist los, Conny?«

»Jemand zieht am Faden! Hier, guckt mal, der ruckt und zuckt wie wahnsinnig!«

»Die Druiden«, wispert Tom.

»So wie das zappelt, ist das eher ein Dreijähriger«, meint Ibi.

»Oder wir haben einen Fisch gefangen«, überlegt Jo.

»Und was machen wir jetzt?«

»Wir müssen dem Faden folgen, Conny.«

»Und wenn wir in eine Falle der Druiden laufen?«

»Das müssen wir riskieren. Denn wenn wir dem Faden nicht folgen, kommen wir hier nie wieder raus.«

»Na gut. Dann muss es wohl sein. Hoffentlich landen wir nicht in dem Kochtopf von eben.«

Schritt für Schritt folgen die Freunde dem Faden, der nicht aufhört, in Connys Hand zu zerren und zu zappeln. Die Freunde biegen in einen engen, gewundenen Tunnel ein und das Gezerre wird noch stärker.

»Derjenige, der am Faden zieht, muss ganz in der Nähe sein«, wispert Conny.

»Okay, machen wir uns bereit«, meint Tom. »Wir schalten alle Taschenlampen bis auf eine aus. Wenn wir den Typen sehen, stürzen wir uns auf ihn. Vielleicht können wir ihn überrumpeln.«

Ohne das leiseste Geräusch zu machen, schleichen die Freunde weiter.

Hinter einer scharfen Biegung entdecken sie schließlich ein großes Zwirnknäuel, aus dem vier pelzige Beine und ein getigerter Schwanz herausschauen. Ab und zu miaut das Knäuel kläglich.

»Kokolores!« Carla stürzt zu ihrem Kater und versucht, die Knoten zu entwirren.

»Mann, hat uns dieses Biest einen Schreck eingejagt.« Tom kniet sich neben Carla und hilft ihr, Kokolores aus dem Knoten zu befreien. Sobald er ausgewickelt ist, schüttelt Koko sich einmal gut durch und lässt sich dann auf den Rücken fallen, um sich von den Freunden durchkraulen zu lassen.

»Das könnte dir so passen«, schimpft Carla. »Wegen dir finden wir den Rückweg jetzt nicht mehr. Du hast den Faden wohl irgendwo durchgebissen, was?«

»Mau!«

»Na super!«

»Sei ihm doch nicht böse, Carla.« Ibi beugt sich zu Kokolores herunter und streichelt ihn. »Er wusste ja nicht, was er da tat. Er wollte doch nur spielen.«

»Ja, wie immer. Und wir sitzen mal wieder in der Patsche. Wie sollen wir jetzt noch rauskommen?«

»Immerhin haben wir dieses Mal Taschenlampen dabei.«

»Ob mit Taschenlampen oder ohne – aus diesem Labyrinth finden wir so schnell nicht mehr raus.«

»Wir haben nur noch etwas mehr als eine halbe Stunde bis zum Sonnenuntergang«, sagt Conny düster.

»Und was machen wir jetzt? Es bringt doch nichts, einfach so in eine Richtung loszulaufen.«

»Nö. Genauso gut können wir hier rumsitzen und die restlichen Snickers aufessen. Und dann so langsam verhungern«, sagt Carla.

»Dann ist wohl alles vorbei«, murmelt Conny. »Und ich bin schuld. Ich habe nicht genug auf mein Herz gehört.«

»Kokolores ist schuld«, entgegnet Carla. »Wir können ihn ja braten, dann haben wir etwas mehr zu essen.«

»Leute, mir fällt da gerade was ein«, sagt Ibi. »Ich habe mal in einem Buch mit Survival-Tipps rumgelesen.«

»Du hast gelesen, Ibi? Was war denn mit dir los?«

»In dem Buch waren so krasse Zeichnungen drin. Und da hab ich aus Versehen ein bisschen von dem Text gelesen.«

»Und was stand da?«

»Also: Wenn man sich in einem Labyrinth verlaufen hat, muss man sich immer an einer Wand entlangtasten und jede Biegung mitmachen, die diese Wand macht. So kommt man irgendwann zum Ausgang. Aber es kann lange dauern. Wenn man in die falsche Richtung losläuft, latscht man noch einmal durch die ganze Höhle.«

»Stimmt, das könnte klappen«, sagt Jo. »Ibi, du solltest öfter mal was lesen.«

»Welche Wand nehmen wir denn, die linke oder die rechte?«, fragt Carla. Jo packt Conny an den Schultern.

»Conny, jetzt hör aber mal richtig auf dein Gefühl! Was sagst du – welcher Wand sollen wir folgen?«

»Mmmh, wir nehmen … die rechte Wand!«

»Ganz sicher?«

»Nö. Ich rate nur.«

»Dann nehmen wir die linke!«

32. WETTLAUF GEGEN DIE ZEIT

Die Freunde irren durch das unterirdische Labyrinth, ohne eine Ahnung zu haben, ob sie dem Ausgang näher kommen oder sich mit jedem Schritt weiter davon entfernen. Mit jeder Minute, die verstreicht, steigt etwas mehr Panik in ihnen auf. Dieselben bohrenden Fragen sitzen jedem von ihnen in den Köpfen: Würden sie es noch bis zum Sonnenuntergang schaffen, den Ausgang zu finden? Und würde Ibis Trick überhaupt funktionieren? Jeder Gang sieht aus wie der andere, die Freunde haben das Gefühl, sie könnten genauso gut auf der Stelle treten. Aber plötzlich, als sie schon fast alle Hoffnung aufgegeben haben, glitzert hinter einem der vielen Pfeiler ein Sonnenstrahl, der von oben durch die Felsen schießt. Die Freunde jubeln laut und rennen die letzten Meter, helfen sich gegenseitig hoch und stehen endlich unter derselben großen Buche, an der ihre Expedition begonnen hat. Als sie die frische Waldluft atmen und den Himmel über sich sehen, fühlen sich die Freunde, als könnten sie fliegen. Jo umarmt Ibi stürmisch.

»Ibi, dein Plan hat funktioniert! Du bist der Größte! Wir legen zusammen und kaufen dir noch ein Paar Turnschuhe!«

Es ist einer der seltenen Momente, in denen sogar Ibi rot wird.

»Ach, das ist doch nicht nötig, Jo. Ich habe doch gerade erst die Tiger-Sneaker bekommen.«

»Was? Du willst keine neuen Schuhe? Ich glaube, du musst mal zum Arzt!«

»Zum Arzt kann er später noch«, sagt Carla. »In einer Viertelstunde oder so geht die Sonne unter. Wir haben leider keine Zeit, uns auszuruhen. Wir müssen so schnell wie möglich zum Stenzelberg.«

Obwohl sie sich alle auf der Stelle hinlegen und eine ganze Nacht schlafen könnten, rasen die Freunde los und rennen, so schnell, wie sie können, durch den Wald in Richtung Stenzelberg. Die Zweige der Tannen schlagen ihnen ins Gesicht und die Brombeerranken zerkratzen ihnen die Beine, aber sie sind viel zu aufgeregt und erschöpft, um das noch zu merken. Ohne ihre Energie mit Reden zu verschwenden, laufen sie weiter, bis sie das Einkehrhäuschen am Fuße des Stenzelbergs erreichen. Sie müssen einige Minuten nach Luft schnappen, bevor Tom als Erster die Sprache wieder findet.

»Wir haben's geschafft! Sogar ihr Sofasportler.«

»Ja, Tom«, keucht Carla, »aber noch sind wir nicht auf dem Berg. Hier stehen überall diese Absperrungen. Guckt mal, hier ist ein Schild: Wegen des Siebengebirgs-Marathons ist der gesamte Stenzelberg am ersten und zweiten August gesperrt.«

»Siebengebirgs-Marathon, dass ich nicht lache«, sagt Jo.

»Was hättest du denn an ihrer Stelle geschrieben? Gesperrt wegen eines finsteren Druidenrituals, bei dem eine Menge Blut fließt?«

»Das wäre wenigstens ehrlich gewesen.«

»Und was machen wir jetzt?«

»Tolle Frage, Ibi. Wir klettern auf diesen Berg und retten Connys Fohlen.«

»Aber Carla – glaubst du nicht, dass die Druiden überall Wachen aufgestellt haben? Die Typen haben bestimmt keine Lust, bei ihrem Ritual gestört zu werden.«

»Stimmt. Aber vielleicht gibt es einen versteckten Weg, über den man auf den Gipfel kommt, ohne dass uns jemand sieht.«

»Vielleicht. Aber wenn wir ihn so leicht finden würden, wäre es ja kein versteckter Weg mehr.«

»Ich weiß einen geheimen Weg«, murmelt Conny. »Ich bin ihn in der Anderswelt gegangen.«

»Du bist nirgendwo hingegangen«, meint Ibi. »Vielleicht bist du im Kopf spazieren gegangen. Aber in Wirklichkeit hast du die ganze Zeit da rumgelegen und gepennt.«

»Das hat nur so ausgesehen, Ibi. Ich werde es euch beweisen. Wir müssen eine große Eiche finden, von dort aus weiß ich den Weg.«

»'ne Eiche? Wie sieht denn so 'n Ding aus?«

»Groß und knorrig, Ibi. Es handelt sich übrigens um einen Baum.«

»Ach so, alles klar.«

Die Freunde machen sich getrennt auf die Suche. Nach ein paar Minuten kehrt Tom zum Einkehrhäuschen zurück und rudert mit den Armen in der Luft. Die anderen verstehen und laufen zu ihm.

»Ich wollte euch nicht rufen, damit uns keiner hört«, erklärt Tom. »Ich habe eine große Eiche gefunden.«

Die Freunde folgen ihm zu einer kleinen Lichtung im Wald, auf der eine mächtige Eiche ihre Äste in den Himmel reckt.

»Das ist sie«, murmelt Conny. »In der Anderswelt ging von hier aus ein Weg zum Stenzelberg ab. Aber hier … doch, da ist er!«

»Ich seh gar nichts, Conny.«

»Ich erkenne ihn auch nur, weil ich weiß, dass er da ist. Da links, wo dieser kleine Brombeerbusch steht, da fängt er an.«

»Aha. Na, wenn du das sagst, Conny.«

»Vertraut mir einfach, Leute. Dieses Mal spricht mein Herz laut und deutlich zu mir. Und es sagt mir, dass Sükür da oben ist und auf uns wartet. Und dass wir auf diesem Weg zu ihm kommen. Und dass alles gut wird, auch wenn wir noch nicht wissen, wie.«

»Na, wenn deine Pumpe dir das flüstert, werden wir wohl drauf hören müssen«, sagt Jo.

»Gut«, meint Carla, »wir folgen dir, Conny. Aber lasst uns um Himmels willen so leise sein, wie's nur geht. Wenn wir entdeckt werden, bevor wir Sükür erreichen, war alles umsonst. Das gilt auch für dich, Kokolores.«

»MAU!!!!«

»Pssst! Leiser!«

»Mau!«

»So ist's in Ordnung. Okay, los geht's! Finn, weißt du eigentlich, ob … Finn? Finn, wo bist du?«

»Komisch, eben war er noch da«, murmelt Tom.

»Er muss verschwunden sein, als wir diese Ayse …«

»Eiche, Ibi.«

»… als wir den Baum da gesucht haben.«

»Aber es ist doch wohl nicht möglich, dass Finn uns … verraten hat? Dass er in Wirklichkeit doch einer der Druiden ist?«

»Du meinst, er hat uns nur in die Höhle geführt, um uns von hier wegzubringen?«

»Wenn das wahr ist«, knurrt Tom, »dann ist jetzt alles aus. Denn dann sind spätestens jetzt seine Druidenkumpel auf der Jagd nach uns.«

»Conny«, wispert Carla, »was sagt dein Herz dazu?«

»Ich weiß es nicht, Carla. Ich weiß nur, dass wir da raufmüssen.«

33. DAS RITUAL

Conny beginnt, den steilen Felsen hochzuklettern. Sie setzt ihre Hände und Füße genau an die richtigen Stellen, die anderen versuchen, dieselben Positionen zu finden wie sie. Zentimeter für Zentimeter arbeiten sie sich an der fast senkrechten Wand empor.

»Conny«, flüstert Jo, »war dieser angebliche Weg in der Anderswelt genauso steil?«

»Ich weiß nicht. Ich habe gar nicht darauf geachtet. Aber es ist der richtige Weg, es kommt mir vor, als sei ich ihn schon hundertmal gegangen.«

»Und mir kommt es vor, als würden wir gerade den Kölner Dom raufklettern.«

»Tun wir ja auch fast. Die Steine, die hier rausgehauen wurden, hat man nämlich für den Kölner Dom verwendet, wie Tom es uns schon einmal erklärt hat.«

»Conny, wie kannst du jetzt noch irgendwelche schlauen Sprüche bringen? Ich pack's nicht.«

»Musst du auch nicht, Jo. Wichtig ist nur, dass du nicht über die Schulter nach unten schaust.«

»Ich soll was nicht? Nach unten guck … ach, du heiliger Bimbam!«

»Ich hab's dir doch gesagt!«

»Ich kann nicht mehr weiter!«

»Komm, nur noch ein paar Meter!«

Conny klettert die letzten Meter der Steilwand wie eine Bergziege hinauf und wartet, bis die anderen sie mit zitternden Knien erreicht haben.

»Seht ihr! Ihr seid oben. So schwer war das doch gar nicht.«

»Mach so was nie wieder mit uns, Conny«, sagt Carla. »Wo ist eigentlich Kokolores schon wieder hin?«

»Mau?« Kokolores sitzt gemütlich unter einem Busch und sieht aus, als würde er sich schon stundenlang dort langweilen.

»Angeber«, knurrt Carla, »ist ja wohl keine Kunst mit vier Beinen.«

»Pssst!«, macht Tom. »Da kommt jemand! Schnell, versteckt euch!«

Die Freunde hasten hinter einen Felsen. Von ihrem Versteck aus beobachten sie, wie eine Gestalt mit einem schwarzen Umhang und einer kunstvoll geschnitzten Holzmaske über den Weg schlurft.

»Einer der Druiden«, wispert Carla.

»Er kommt direkt auf uns zu!«, flüstert Tom. »Gleich wird er uns entdecken.«

»Wir müssen ihn ablenken! Koko, tu was! Lenk den Druiden ab!«

»Mau?« Kokolores lässt sich auf Carlas Füße plumpsen und wartet darauf, mal wieder gekrault zu werden.

»Nichtsnutz!«, zischt Carla. »Manchmal bin ich nicht sicher, ob du eine Katze bist oder nicht doch ein Faultier.«

»Psssssst!« Tom zeigt auf den Druiden, der mit seinen schlurfenden Schritten immer näher auf das Versteck der Freunde zukommt. Plötzlich sperrt Ibi den Mund auf und zeigt mit seinem Finger hinein. Die anderen sehen ihn an, als wäre er gerade verrückt geworden. Ibi wiederholt seine Geste und zeigt mit der anderen Hand auf den näher kommenden Druiden. Schließlich begreift Tom, holt ein Snickers aus der Tasche und drückt es Ibi in die Hand. Ibi kneift ein Auge zu, holt weit aus und wirft den Schokoriegel in hohem Bogen über den Felsen. Er landet raschelnd hinter dem Druiden im Gebüsch. Der Druide zuckt zusammen und dreht sich um. Ibi lässt sich von Tom ein weiteres

Snickers geben und wirft es in eine andere Richtung. Der Druide sieht sich verwirrt um. Er geht ein paar Schritte und wieder segelt ein Schokoriegel über seinen Kopf. Ibi gelingt es, ihn weiter und weiter vom Versteck der Freunde wegzulocken. Als Toms letzter Riegel durch die Luft geflogen ist, ist der Wächter außer Sichtweite.

»Prima«, sagt Ibi, »der ist auf den ältesten Westerntrick reingefallen, den es gibt. Hat wohl in seiner Jugend nicht genug Fernsehen geguckt.«

»Und meine Schokolade?«

»Die sammeln wir natürlich wieder ein und futtern sie auf. Aber erst, wenn wir Connys Pony befreit haben.«

»Sükür ist kein Pony, sondern ein Fohlen«, flüstert Conny.

»Ist doch egal, Conny, Hauptsache, er endet nicht als Druidengulasch.«

»Wie kannst du so etwas Schreckliches sagen, du …«

Conny kommt nicht mehr dazu, ihren Satz zu beenden, denn auf einmal ertönt ein vielstimmiger Gesang, der den Freunden wie Schwerter aus Eis in die Glieder fährt.

»Eee-poo-naa!«, schallt es durch die Felsen. »Eee-poo-naa! Eee-poo-naa! Eee-poo-naa! Eee-poo-naa!«

Der Gesang wird vom dumpfen Klang mehrerer Trommeln begleitet.

»Es geht los!«, wispert Conny. »Sie rufen ihre Göttin.«

»Der Gesang kommt von da hinten! Aus dem Wald!«

»Ihr müsst nicht mit mir dorthin gehen«, sagt Conny. »Ich schaffe es auch alleine.«

»Conny, wenn du denkst, dass wir dich alleine zu diesen Spinnern gehen lassen, bist du echt schief gewickelt. Wir kommen mit. Oder was denkst du, wozu Freunde da sind, Schnucki?«

»Danke, Jo!«

»Flirtet nachher weiter«, wispert Ibi, »der Gesang wird immer lauter!«

Die Freunde schleichen sich in das Waldstück und tasten sich im goldenen Licht der untergehenden Sonne von Baum zu Baum, bis sie zu einer großen Lichtung am Rand der Schlucht gelangen. In der Mitte der Lichtung brennt ein großes Feuer. Rund um das Feuer stehen zwanzig oder mehr schwarz gekleidete Gestalten, die die Arme in den Himmel recken, während sie ihre Beschwörungen singen.

»Eee-poo-naa! Eee-poo-naa! Eee-poo-naa!«

Einige der Druiden schlagen auf fellbespannte Trommeln ein. Der Gesang wird immer lauter und schneller, bis einer der Druiden einen großen, mit Schnitzereien verzierten Stab in die Luft reckt. Sofort schweigen die Trommeln und der Gesang verebbt. Der Druide mit dem Stab tritt aus dem Kreis und steigt auf einen großen Stein vor dem Abgrund auf der anderen Seite der Lichtung.

»Druiden!«, ertönt ein dröhnender Bass unter der Maske hervor. »Ihr alle wisst, wozu wir hier und heute versammelt sind!«

Carla guckt die anderen mit großen Augen an.

»Das ist nicht Professor Quast«, wispert sie.

Die Druiden schweigen, man hört nur das Knacken und Knistern des großen Feuers.

»Wir haben Jahrhunderte gewartet«, ruft der Mann auf dem Stein. »Wir haben Jahrtausende gewartet. Aber heute ist die Zeit des Wartens vorbei! Heute wird den Druiden die Macht zurückgegeben, die ihnen zusteht. Oh, wir hätten diese Macht schon viel früher erringen müssen. Aber wie ihr wisst, Druiden des schwarzen Zirkels, fehlte uns das richtige Instrument, um die Macht zu binden. Von Generation zu Generation haben wir das Wissen um dieses Instrument weitergegeben. Aber es hat bis heute gedauert, bis wir es in den Händen halten dürfen. Es ist aus der Anderswelt zu uns gekommen, weil wir, die wir heute, am Fest des Lughnasadh, versammelt sind, die Auserwählten sind! Und nun ist der Zeitpunkt gekommen, an dem dieses Instrument der Macht seiner Bestimmung zugeführt wird. Man bringe mir den Dolch des Blutes!«

Die Trommeln setzen wieder ein, diesmal in einem schnellen und aufpeitschenden Rhythmus. Eine der schwarz gekleideten Gestalten schreitet langsam und feierlich zum Anführer der Druiden, greift in ihren Umhang und holt den Dolch hervor, den die Freunde auf der Fotografie in Kommissar Donnerstags Büro gesehen hatten. Der Anführer nimmt den Dolch entgegen und reckt ihn mit beiden Händen in die Luft. Ein Sonnenstrahl trifft auf die Klinge und lässt sie hell aufblitzen.

»Seht ihn an, den Dolch des Blutes!«, ruft der Anführer. »Zweitausend Jahre schlief er in der heiligen Erde. Heute ist der Tag gekommen, an dem er wieder Blut schmecken soll. Heute wird durch das Blut eines jungen weißen Pferdes unsere Göttin Epona aus der Anderswelt zurückkehren und in unsere Mitte treten! Man bringe mir das Opfer!«

Wieder wirbeln die Trommeln. Conny krallt sich so fest an Jos Arm, dass ihre Fingernägel fast seine Jacke zerreißen. Der Kreis der Druiden öffnet sich an einer Seite und vier weitere schwarze Gestalten führen ein verängstigtes weißes Fohlen in schweren Eisenketten auf die Lichtung. Es ist Sükür. Er sträubt sich mit aller Kraft und wirft den Kopf wild hin und her, aber die Druiden zerren brutal an den Ketten und schaffen es schließlich, Sükür vor den Stein des Anführers zu schleifen. Sobald er dort steht, gibt er seinen Widerstand auf und bleibt zitternd mit gesenktem Kopf stehen. Die Druiden binden seine Ketten an Eisenringe, die im Boden verankert sind, und stellen sich in den Kreis um das Feuer. Der Anführer senkt den Dolch, bis er Sükür genau zwischen die Augen zielt. Die Trommeln schlagen ihren dumpfen Rhythmus. Die letzten Sonnenstrahlen fallen durch die Baumstämme und tauchen die Lichtung in ein unheimliches, fast rotes Licht.

»Conny!«, flüstert Jo. »Glaubst du nicht, dass wir so langsam mal was tun sollten?«

Conny, kreidebleich und mit Tränen in den Augen, schüttelt den Kopf.

»Nein«, wispert sie mit erstickter Stimme, »wir unternehmen nichts.«

34. REVOLTE

Der Anführer der Druiden nimmt den Dolch in die rechte Hand, breitet die Arme aus und starrt in den Himmel, in dem jetzt ein blasser Mond und die ersten funkelnden Sterne zu sehen sind.

»Druiden!«, ruft er. »Die Sonne versinkt zwischen den Schultern der Nacht. Die ewigen Sterne schenken uns ihre Kraft. Der Mond, der große Wiederkehrer, leuchtet uns. Der Zeitpunkt ist gekommen! Epona will das Blut dieses jungen Pferdes! Wollen wir es ihr geben?«

»Jaaaaa!«, ertönt es aus den Kehlen der Druiden. Der Anführer nimmt den Dolch in beide Hände, seine starre Maske ist auf Sükür gerichtet. Der Mann holt aus.

»Nein!«, ruft plötzlich eine schneidende Stimme. Einer der Druiden, ein hagerer Mann, der einen großen, verzierten Stab in der Hand hält, macht einen gewaltigen Schritt nach vorne und reißt sich die Maske vom Gesicht und den schwarzen Umhang vom Körper. Darunter trägt er ein leuchtend weißes Gewand. Die Freunde können sein Gesicht genau erkennen: Es ist Professor Quast.

»Esss sssoll kein Blut fliesssen!«, zischt der Professor. »Ihr, Druiden, wissst esss genau! Epona braucht kein Blut, braucht kein Feuer, braucht kein Inssstrument der Macht! Diesss issst ihr heiliger Berg, wer hier Blut vergiessst, der entweiht ihn für alle Zeit!«

Der Druide auf dem Stein lässt den Dolch wieder sinken und ballt eine seiner Hände zur Faust.

»Professor Quast! Ich hätte es mir denken können. Er kann es nicht lassen, den Anführer zu spielen. Schnappt euch diesen Verräter!«

»Der Verräter bissst du! Weissse Druiden, lassst kein Blutvergiesssen zzzu!«

Einige Druiden treten ebenfalls aus dem Kreis und reißen sich Maske und Umhang herunter. Auch sie tragen weiße Gewänder unter den schwarzen Umhängen. Schwarze und weiße Druiden stehen sich gegenüber, aber keiner wagt es, den ersten Schritt zu tun.

»Alles Verräter! Druiden des schwarzen Zirkels, packt sie euch!« Der Anführer auf dem Stein kreischt so schrill, dass sich seine Stimme überschlägt. Die schwarzen Druiden machen ein paar Schritte nach vorne. Aber Professor Quast breitet die Arme aus und sieht sie so durchdringend an, dass sie stehen bleiben.

»Druiden! Wissst ihr eigentlich, wasss ihr im Begriff ssseid, zzzu tun? Habt ihr vergesssen, was es bedeutet, sssich Druide zzzu nennen? Habt ihr das Gleichgewicht der Kräfte vergesssen? Die Harmonie zzzwischen Mensch und Natur? Habt ihr jemalsss Geld und Macht gebraucht, um Erkenntnisss zu erlangen?«

Die schwarzen Druiden beginnen miteinander zu tuscheln.

»Er hat eigentlich Recht«, meint einer.

»Das Gleichgewicht der Kräfte«, murmelt ein anderer.

»Die Ehre der Druiden«, flüstert ein weiterer.

»Unsinn!«, keift der Anführer auf dem Felsen. »Gleichgewicht? Harmonie? Erkenntnis? Wisst ihr, was ihr euch dafür kaufen könnt? Gar nichts! Wir brauchen endlich Macht! Die Macht, die uns seit zweitausend Jahren zusteht!«

Professor Quast stößt den Stab auf den Boden.

»Unsssinn! Wir Druiden haben schon ssseit tausssenden von Jahren die Macht, Gutesss zzzu tun. Aber nie haben wir diessse Macht benutzzzt, um Bössses geschehen zzzu lasssen. Wenn dasss Bössse einmal geweckt issst, issst esss nicht mehr zzzu stoppen.«

Der Anführer auf dem Felsen zögert einen kurzen Moment. Aber dann reißt er die Hand mit dem Dolch entschlossen nach oben.

»Sie haben Recht, Professor Quast. Niemand kann uns stoppen. Dieses Blutopfer wird Epona aus der Anderswelt zu uns rufen. Und dann sind wir für immer unbesiegbar. Und keiner interessiert sich mehr für Ihr Geschwätz, Herr Professor.«

Der Anführer senkt den Dolch und hält ihn an Sükürs Hals. Das Fohlen zittert immer stärker und starrt den schwarzen Druiden mit seinen großen braunen Augen an. Der Druide holt wieder aus. Im gleichen Augenblick wirft Professor Quast seinen Stab mit aller Kraft nach vorne. Dieser trifft den Anführer der schwarzen Druiden an der Schulter. Er schreit auf und lässt den Dolch fallen. Professor Quast stürmt nach vorne und stößt ihn vom Felsen. Die beiden wälzen sich im Ringkampf durch das Gras. Professor Quast hält den schwarzen Druiden im Schwitzkasten. Sein Widersacher verliert seine Maske und nutzt die Gelegenheit, die Zähne in der Wade des Professors zu versenken. Die weißen und schwarzen Druiden schauen dem Spektakel ungläubig zu.

»Das ist unsere Chance, Conny«, flüstert Jo aufgeregt. »Solange die sich gegenseitig verhauen, können wir unbemerkt nach vorne flitzen und Sükür befreien!«

»Nein!!!«

»Conny, spinnst du?«, zischt Carla. »Wir müssen jetzt was tun! So eine Chance kommt nicht wieder!«

»Es ist nicht das, was mein Herz mir sagt. Wenn wir Sükür retten wollen, müssen wir noch warten.«

»Warten? Sag mal, Conny, hast du noch alle Tassen im Schrank?«

35. BLITZ UND DONNER

Von ihrem Versteck aus beobachten die Freunde den Kampf zwischen Professor Quast und dem Anführer der schwarzen Druiden. Nach einem wilden Gerangel schafft es der Professor, seinen Gegner mit beiden Schultern auf den Boden zu drücken. Er kniet sich keuchend auf seine Brust.

»Wer hier auf dem Stenzelberg Blut vergiessst, beendet die Ära der Druiden für immer. Ich werde dasss nicht zzzulasssen.«

Der schwarze Druide bäumt sich auf, aber Professor Quast hat ihn fest im Griff.

Jo stupst Conny an die Schulter.

»Cool«, flüstert er, »die Sache hat sich von alleine erledigt. Jetzt schnappen wir uns Sükür und hauen endlich von hier ab.«

Conny will gerade antworten, als ein Donnerschlag den Stenzelberg erschüttert. Er kommt nicht vom Himmel, sondern direkt aus dem Felsen, vor dem Sükür angekettet ist. Gleichzeitig steigt Nebel auf und legt sich in dichten Schlieren über die Lichtung. Der Felsen selbst schimmert in einem roten unheimlichen Licht. Alle Blicke sind dorthin gerichtet, sogar Professor Quast und sein Gegner vergessen ihren Kampf. Ein tiefes Brummen, das aus dem Innern des Berges selbst zu kommen scheint, ist zu hören. Es wird immer lauter. Plötzlich zuckt ein Blitz auf und taucht die Lichtung in grelles weißes Licht. Auch der Blitz scheint direkt aus dem Felsen zu kommen. Die Trommeln der Druiden setzen langsam und bedrohlich wieder ein.

»Was geht denn hier ab?«, wispert Tom mit einem Anflug von Panik in der Stimme. »Warum hören wir die Trommeln? Da trommelt doch gar keiner.«

Keiner der Freunde reagiert auf Toms Frage. Wie hypnotisiert starren sie auf den Felsen und die Schlucht dahinter, aus der immer wieder Blitze schlagen. Sie erscheinen im Rhythmus der Trommeln, der immer schneller wird. Die Gesichter der Druiden sind wie versteinert. Aus der Ferne ertönt ein mehrstimmiger Gesang.

»Eee-poo-naa! Ee-poo-naa! Ee-poo-naa!«

Der Gesang schwillt an und erfüllt bald die ganze Lichtung. Einer nach dem anderen stimmen die Druiden in den Gesang ein. Einige werfen sich auf die Knie und schauen verzückt in den Himmel.

»Das wird mir jetzt aber langsam ein bisschen heftig«, flüstert Carla. »Jetzt singen hier auch noch die Bäume. Was passiert denn jetzt noch?«

»Du brauchst keine Angst zu haben«, erwidert Conny, die ihren Blick immer noch in ruhiger Konzentration auf den Felsen richtet.

Der Nebel, der den rot glühenden Felsen umhüllt, wird immer dichter. Auf einmal erkennt man eine schemenhafte Gestalt auf dem Felsen. Es ist eine Frau. Sie ist hochgewachsen, schlank und hat feuerrotes Haar. Sie trägt ein hautenges, schwarzes Lederkostüm, schwarze Stiefel mit hohen Absätzen und silbern funkelnden Sporen. Ihre schwarz lackierten Fingernägel sind lang wie Krallen. Sie reckt beide Arme nach oben. Abrupt hören die Trommeln auf. Nur noch das tiefe Brummen ist zu hören.

»Epona! Du bist zu uns gekommen!«, haucht der Anführer der schwarzen Druiden. Langsam steht er auf und verneigt sich. Professor Quast bleibt wie gelähmt mit offenem Mund auf dem Boden sitzen. Der Nebel hat sich verzogen, alle Druiden starren die Erscheinung auf dem Felsen an.

»Das ist Epona, Conny?«, wispert Carla. »Diese Schocktussi hast du in der Anderswelt getroffen?«

»Besonders freundlich sieht die nicht aus«, flüstert Jo.

»Diese Stiefel sind schon geil«, murmelt Ibi.

»Irgendwie kommt die mir bekannt vor«, flüstert Tom.

Conny schweigt.

Die Frau auf dem Felsen hat den Dolch in der Hand. Ihr rotes Haar flattert, obwohl es windstill ist.

»Druiden!«, ruft sie. »Ihr habt mich gerufen und ich bin gekommen. Aus dem Reich der Anderswelt komme ich zu euch, um euch die Macht zu geben, die ihr verdient. Aber vergesst nie, dass ihr meine Diener seid. Mir sollt ihr dienen, nur mir!«

Die Stimme der Frau klingt wie eine Siamkatze auf einem Samtkissen.

»Diese Stimme«, flüstert Carla, »die kenne ich doch. Wo habe ich die zum letzten Mal gehört?«

»Psst!«, macht Conny. Nach einer theatralischen Pause redet die Frau weiter:

»Druiden des schwarzen Zirkels! Ihr seid die Auserwählten. Ich, Epona, habe euch auserwählt. Seid ihr bereit für das Zeitalter der Macht?«

»Jaaa, Eee-poo-naa, jaaa!«, klingt es aus den Kehlen der schwarzen Druiden.

»Ihr habt mich gerufen. Aber ihr habt das Blutopfer nicht erbracht. Ihr habt versagt. Welche Erklärung habt ihr dafür?«

Der Anführer der schwarzen Druiden geht vorsichtig ein paar Schritte nach vorne.

»Es gab Verräter unter uns«, stammelt er und zeigt mit seinem zitternden Finger auf Professor Quast.

»Dann fesselt den Verräter!«, kreischt die Frau. »Die Macht der schwarzen Druiden wird alle Verräter unbarmherzig bestrafen!«

Einige schwarze Druiden legen Professsor Quast in schwere Eisenketten. Die weißen Druiden schauen schweigend zu und unternehmen nichts.

Als der Professor gefesselt ist, erhebt die Frau wieder ihre honigsüße und dennoch durchdringende Stimme.

»Druiden des schwarzen Zirkels! Wenn ihr wollt, dass ich die Anderswelt gänzlich verlasse und in eure Welt übertrete, muss das Blutopfer an einem unschuldigen weißen Pferd erbracht werden. Seid ihr bereit dazu?«

»Jaaa, Eee-poo-naa, jaaa!«

»Ich werde das Blutopfer mit meinem geweihten Dolch jetzt selber durchführen, da ihr offensichtlich nicht dazu in der Lage seid. Denn ihr seid schwach wie Steppengras im Wind.«

Die Frau klettert vom Felsen herunter und stellt sich vor dem Fohlen auf. Sie umfasst den Dolch und schließt die Augen. Sükür wiehert leise und zerrt an seinen Ketten. Er ist so fest angebunden, dass er keinen Zentimeter zurückweichen kann.

»Eee-poo-naa!«, schallt es durch die Lichtung, »Eee-poo-naa!«

Die Druiden haben sich im Kreis um die Frau in Schwarz und das weiße Fohlen aufgestellt. Professor Quast liegt gefesselt am Fuß des Felsens. Die Freunde verharren regungslos in ihrem Versteck.

»Eee-poo-naa!«, tönt es durch die Nacht.

36. KOBOLDE

Bevor die Freunde reagieren können, tritt Conny aus dem Versteck, geht mit ruhigen Schritten über das Gras und stellt sich mit hocherhobenem Kopf in der Mitte der Lichtung auf.

»Halt!«, ruft sie mit glasklarer Stimme.

Die Frau auf dem Felsen hatte gerade mit dem Dolch ausgeholt, um zuzustoßen. Beim Klang von Connys Stimme friert sie mitten in der Bewegung ein. Die schwarzen und die weißen Druiden starren das Mädchen mit dem blonden Pferdeschwanz an, als wäre sie eine Erscheinung aus dem Reich der Träume. Alle halten den Atem an, auf der Lichtung ist es auf einmal mucksmäuschenstill. Das Einzige, was man jetzt noch hört, sind die Zikaden, die in der Ferne zirpen. Das bleiche Mondlicht verleiht den Bäumen ringsum einen silbernen Glanz. Conny lässt ein paar Augenblicke verstreichen.

»Druiden«, ruft sie schließlich, »hört mir zu! Diese Frau ist keine Göttin. Sie ist eine ruchlose Betrügerin!«

Ein Raunen geht durch die Menge der Druiden. Die Lippen der Frau auf dem Felsen umspielt ein grausames Lächeln. Sie verengt ihre grünen Augen zu engen Schlitzen und sieht Conny mit eiskaltem Blick an.

»Constanze Oldenburg«, zischt sie mit einer Stimme wie ein Terrarium voller Vipern. »Dich habe ich als Letzte hier erwartet. Aber es ist gut, dass du kommst. Schließlich habe ich noch eine Rechnung mit dir offen. Wo sind denn die anderen miesen, kleinen Ratten, mit denen du dich normalerweise rumtreibst?«

»Hier!«, ruft Jo. Er und die anderen kommen aus dem Versteck und stellen sich neben Conny auf.

»Und wenn Sie denken, Sie könnten Sükür was antun, sind Sie verdammt schief gewickelt!«, sagt Ibi.

»Sükür?«

»So heißt das kleine Pferd«, flüstert der Anführer der schwarzen Druiden.

»Lächerlich.« Die Frau auf dem Felsen stemmt die Hände in die Hüften. »Das ist mal wieder typisch für euch. Wieso kreuzt ihr eigentlich immer dann auf, wenn ich etwas Wichtiges zu erledigen habe?«

»Weil die Dinge, die Sie erledigen wollen, böse, grausam und niederträchtig sind«, sagt Conny ruhig.

»Davon versteht ihr ganz und gar nichts!«

»Wir verstehen genug, um Gut und Böse auseinander halten zu können.«

Die blauen Augen Connys und die grünen Augen der angeblichen Gottheit versenken sich ineinander. Minutenlang herrscht atemlose Stille. Schließlich bricht der Anführer der schwarzen Druiden das Schweigen.

»Oh, Epona, woher kennst du diese Kinder?«

»Kinder?«, ruft die Frau. »Es sind keine Kinder. Sie sehen vielleicht wie Kinder aus, aber das ist nur die Tarnung, mit der sie sich in eure Welt wagen. In Wirklichkeit sind es widerliche, haarige und gemeine Kobolde aus der Anderswelt. Dort plagen sie mich und meinesgleichen schon lange. Und jetzt haben sie diesen Ort der Kraft benutzt, um sich in die Welt der Menschen hinüberzuschleichen und auch dort Unheil anzurichten und Zwietracht zu säen. Aber ich werde das verhindern. Und zwar mit eurer Hilfe, Druiden!«

»Das ist der größte Schwachsinn, den ich je in meinem Leben gehört habe«, brummt Jo.

»Stimmt«, sagt Tom, »dabei haben wir die Bartussek in Bio, da sollten wir eigentlich abgehärtet sein, was Schwachsinn angeht.«

»Druiden!«, kreischt die Frau auf dem Felsen. »Fallt nicht auf das Gewäsch der Kobolde herein! Es sind Kreaturen, die immer lügen. Sie können nicht anders, ein alter Fluch zwingt sie dazu. Ihre Aufgabe ist es, Verwirrung, Verzweiflung und Hass in die Herzen der Menschen zu pflanzen. Aber ihr werdet euch nicht von ihren verlogenen Einflüsterungen verführen lassen, Druiden des schwarzen Zirkels! Denn ich gebe euch die Macht, gegen diese Kobolde und alle anderen Unholde der Anderswelt zu bestehen. Und jetzt packt sie, diese Ausgeburten der Hölle!«

Einige der schwarzen Druiden reagieren sofort und stürmen auf die Freunde zu.

»Wartet, ihr Narren!«, ertönt die durchdringende Stimme von Professor Quast. Er sitzt gefangen in seinen Ketten da und starrt die Druiden so wütend an, dass sie unschlüssig stehen bleiben und ihre Hände sinken lassen.

»Wenn ihr auch nur einen Funken Verstand hättet, dann wüssstet ihr, dasss diessse Frau lügt. Esss gibt keine Kobolde, die eine menschliche Form annehmen können. Wozzzu habt ihr jahrelang die alten Mythen studiert, wenn ihr noch nicht einmal dasss wissst? Schämt euch, euch Druiden zzzu nennen!«

»Hört nicht auf diesen Verräter!«, kreischt die Frau auf dem Felsen. Aber der Professor ist inzwischen so wütend, dass er mit seinen Ketten rasselt und weiterredet, ohne auf die Frau zu achten.

»Ich kenne diessse Kinder perssönlich. Esss handelt sssich um allesss andere alsss Kobolde. Diessse jungen Leute sssind die besssten Detektive, die ich je dasss Vergnügen hatte zzzu treffen, und ihr tätet gut daran, euch anzzzuhören, wasss sssie zzzu sssagen haben.«

Die Druiden blicken verwirrt zwischen den Kindern, Professor Quast und der Frau auf dem Felsen hin und her.

»Schnappt sie euch endlich!« Die Stimme der Frau hat ihren süßen Schmelz verloren und klingt jetzt wie eine asthmatische Kreissäge. Aber die Druiden reagieren nicht. Conny lächelt und macht eine kleine Verbeugung.

»Es freut mich, dass wir uns am Ende doch noch gut verstehen, Herr Professor. Ich muss zugeben, dass wir uns in Ihnen getäuscht hatten.« Conny wendet sich an die Druiden und schaut ihnen freundlich und furchtlos in die Augen.

»Liebe Druiden, wollt ihr erfahren, wer diese Frau, diese angebliche Göttin Epona, in Wirklichkeit ist?«

Die Frau auf dem Felsen beginnt wieder zu zetern, aber der Anführer der schwarzen Druiden donnert seinen Stab auf die Erde, worauf Ruhe einkehrt.

»Na schön«, sagt er misstrauisch, »ob Kobolde oder Menschen, einmal sollt ihr sprechen dürfen. Eine Chance geben wir euch. Wenn ihr uns nicht überzeugen könnt, werden wir Eponas Befehl gehorchen. Also redet!«

37. DIE ENTZAUBERUNG DER GÖTTIN

Conny macht einen Schritt nach vorne, hebt ihre Hand und zeigt auf die Frau mit den roten Haaren. Mit heller und klarer Stimme beginnt sie zu sprechen:

»Diese Person heißt Gabriele Gold, normalerweise nennt sie sich Gabi. Vor einiger Zeit ist sie mit einem Koffer voller gestohlenem Geld nach Argentinien geflüchtet. Jetzt ist sie zurückgekehrt, um neues Unheil anzurichten.«

»Ein lügender Kobold, wie ich es gesagt habe!«, keift die Frau, aber die Augen der Druiden ruhen auf Conny, die ruhig weiterspricht.

»Sie war die Sekretärin des Filmproduzenten Hans Zobel, ebenfalls ein Verbrecher, der jetzt im Gefängnis sitzt. Hans Zobel hat einen Betrug geplant, bei dem es um Millionen ging. Diese Millionen hat sich Gabi unter ihre lackierten Nägel gerissen. Aber ich vermute, dass es in Argentinien wohl ein bisschen einsam war, oder Gabi?«

Die Frau starrt Conny hasserfüllt an, ballt die schmalen Hände zu Fäusten, sagt aber nichts.

»Also nehme ich an, dass Gabi beschloss, zurückzukommen«, erklärt Conny weiter. »Hier wird sie natürlich immer noch von der Polizei gesucht. Also braucht sie einen falschen Namen und Helfer – verschwiegene, vertrauensvolle Helfer. Irgendwie muss sie vom Geheimbund der Druiden gehört haben. Und da ist ihr wohl diese geniale Idee gekommen: Wenn sie euch Druiden als Göttin erscheint, werdet ihr allen ihren Befehlen gehorchen. Und da ihr ein Geheimbund seid, würdet ihr sowieso nichts ausplappern. Sie will euren

Glauben ausnützen, um den Geheimbund der Druiden in eine Bande grausamer Verbrecher zu verwandeln. Sie hat die alten Mythen studiert. Sie hat vom Opferkult der Kelten gelesen. Und so hatte sie die Idee mit dem Pferd, das geopfert werden muss. Eine Art Test: Wenn ihr kalt und grausam genug seid, um ein unschuldiges weißes Fohlen ohne Not zu töten, dann seid ihr für Gabi auch als Handlanger zu gebrauchen. Solltet ihr das Pferd nicht opfern, dann würde sie eben nicht erscheinen. Sie würde einfach warten, bis ihr reif wäret – die Zeit wäre ja auf ihrer Seite. Aber leider hat sie sich das falsche Pferd für ihr blutiges Ritual ausgesucht. Sie konnte der Versuchung, mir und den anderen von Kokolores & Co. eins auszuwischen, nicht widerstehen. Also hat sie mein Pferd stehlen lassen. Und so sind wir auf ihre Spur gekommen. Und dann kamen auch noch Professor Quast und die weißen Druiden dazwischen. Tja, da musste sie ihre inszenierte Erscheinung etwas vorverlegen. Jetzt ist sie hier und das Opfer ist immer noch nicht erbracht. Eine etwas peinliche Situation, oder Gabi?«

»Dafür wirst du bezahlen, abscheulicher Kobold«, presst die Frau zwischen den blutroten Lippen hervor. Conny beachtet sie gar nicht.

»Die Spaltung des Geheimbundes in weiße und schwarze Druiden war sicher auch ihre Idee«, fährt sie ruhig fort. »So konnte sie die schwarzen als mutige Zauberer und die weißen als feige Verräter darstellen. Und weil sie weiß, dass alle Menschen, sogar Druiden, gierig nach Macht und Geld sind, war sie sich sicher, dass ihr grausamer Plan funktionieren würde. Sie suchte sich die schwächsten, also die machthungrigsten und gierigsten unter euch aus und begann mit ihren Erscheinungen. Diese konnte sie prima inszenieren, schließlich hat sie lange genug beim Fernsehen gearbeitet. Und wie erwartet ist der Großteil der Druiden darauf reingefallen. Ihr Druiden wolltet einfach glauben, dass es möglich ist, die Göttin Epona aus der Anderswelt herüberzuholen. Also seid ihr blind für alles andere geworden. Es ist nicht schwer, jemandem etwas glauben zu machen, der unbedingt glauben will. Jetzt, Druiden, liegt es in eurer Hand: Tötet dieses Fohlen, mein Fohlen, und werft euch einer geschminkten Verbrecherin zu Füßen. Oder kehrt zur Lehre der Druiden zurück und lebt weiterhin für die Weisheit, die Harmonie der Kräfte und das Gute. Die Entscheidung ist eure.«

Conny geht einen Schritt zurück und steht wieder neben ihren Freunden, die sie mit offenem Mund anglotzen. Die Frau auf dem Felsen will wieder loslegen, aber strenge Blicke aus allen Druidenaugen bringen sie zum Schweigen. Der Anführer der schwarzen Druiden hebt seinen Stab und wendet sich an Conny.

»Ob du ein Mensch bist oder ein Kobold«, sagt er bedächtig, »du hast gut gesprochen. Aber du hast keine Beweise für deine Behauptungen. Wir Druiden werden unter uns beraten, wie wir uns entscheiden. Dann werden wir euch mitteilen, was wir beschlossen haben.«

»Den Teufel werdet ihr tun«, zischt die Frau, zückt den Dolch und springt geschmeidig wie ein Puma vom Felsen.

»In dem Augenblick, in dem das Blut dieses Opferfohlens den geweihten Boden berührt, werdet ihr merken, wer euer Meister ist!«

Die Frau reißt Sükürs Kopf an der Mähne nach oben und holt mit dem Dolch aus.

38. SHOWDOWN

Entsetzt begreifen die Freunde, dass sie Sükür nicht mehr retten können. Selbst wenn sie jetzt so schnell, wie sie nur können, zum Felsen rennen würden, wären sie zu spät, um den tödlichen Stoß noch zu verhindern. Nur Professor Quast ist nahe genug an der Opferstätte, aber er ist gefesselt. Connys Mund formt sich zu einem stummen Schrei. Alles Blut ist aus ihrem Gesicht verschwunden, sie ist weiß wie ein Bettlaken. Wie in Zeitlupe spielt sich das Geschehen vor ihren Augen ab:

Die Frau zielt, lässt siegesgewiss ihre weißen Zähne blitzen und stößt zu. Im selben Moment rast ihr ein rot-schwarz getigertes Knäuel zwischen die Beine. Die Frau verliert die Balance, stolpert über das Fellknäuel, fällt kopfüber über Sükür und landet mit dem Gesicht

voran im Gras. Der Dolch rutscht ihr aus der Hand und bleibt in ein paar Metern Entfernung mit zitternder Klinge im Boden stecken.

»Mau!«, macht Kokolores begeistert. Die Druiden starren ihn mit großen Augen an. Ermuntert von der Aufmerksamkeit, die ihm auf einmal entgegengebracht wird, macht Kokolores einen seiner misslungenen Purzelbäume.

»Schnell!«, ruft Tom. »Der Dolch!« Er, Ibi, Jo und Carla sprinten gleichzeitig los. Conny steht wie gelähmt am selben Fleck und bringt kein Wort hervor. Die Frau schüttelt benommen den Kopf und richtet sich wieder auf. Als sie sieht, dass die Kinder in Richtung Dolch stürmen, hechtet sie vorwärts, um die Waffe vor ihnen zu erreichen. Kokolores, der sich stolz neben Sükür aufgebaut hat, hält die ganze Aufregung wohl für einen sehr gelungenen Spaß.

»Mauuuu!«, macht er begeistert und beginnt, wie ein kleines Kaninchen rund um den Felsen zu hüpfen. Jo und Gabi gelangen gleichzeitig zum Dolch. Mit einem dumpfen Geräusch krachen ihre Schultern ineinander. Und in diesem Augenblick kommt der Nebel. Er strömt aus dem Felsen und ist in wenigen Sekunden so dicht, dass man die eigene Hand nicht mehr vor den Augen sehen kann. Gleichzeitig setzen die Trommeln und die Stimmen wieder ein:

»Eee-poo-naa! Eee-poo-naa!«

Rotes, pulsierendes Licht schimmert durch die Schwaden. Von irgendwo hört man Kokolores »Mau?« rufen. Die Druiden stolpern fluchend und verloren durch den grauen Dunst. Jo kann weder Gabi noch den Dolch entdecken. Plötzlich wechselt das Licht, es pulsiert jetzt nicht mehr rot, sondern flackert grell und weiß in einem irrsinnig schnellen Takt. Auch die

Trommeln werden immer schneller und lauter. Wie aufgescheuchte Hornissen laufen die Druiden und die Freunde auf der Lichtung herum und stoßen immer wieder zusammen. Jo wirft sich beherzt auf Schemen im Nebel, die er für Gabi hält, aber jedes Mal bekommt er nur ein weißes oder schwarzes Druidengewand zu fassen. Die einzigen Geräusche, die vom allgemeinen Fluchen und den Trommeln noch zu unterscheiden sind, sind das angstvolle Wiehern von Sükür und das begeisterte Miauen von Kokolores.

»Koko, wenn ich dich erwische!«, brummt Carla, während sie auf allen vieren durch den Nebel krabbelt. Plötzlich taucht etwas Großes, Kantiges vor ihr auf. Es ist der Felsen, hinter dem Kokolores zuletzt verschwunden war. Carla tastet sich am kalten Stein entlang auf die Rückseite. Dort sieht sie, versteckt unter Laub und Ästen, kleine rote und grüne Lampen durch den Nebel flimmern. Daneben zischt es wie ein wütender Drache. Sie robbt sich so nahe heran, dass sie mit der Nase fast auf Kokolores stößt, der auf den roten und grünen Lämpchen auf und ab hüpft.

»Jetzt begreife ich«, murmelt Carla. Mit der Hand wedelt sie etwas Nebel beiseite und erkennt, wozu die bunten Lämpchen dienen. Vor ihr, von der anderen Seite des Felsens aus nicht sichtbar, steht ein großes Kontrollpult mit Reglern für eine Nebelmaschine, eine Stereo-Surroundanlage und Lichteffekte. Carla dreht alle Regler auf »off«. Sofort verstummen die Trommeln, das irre Geflacker hört auf und der Drache zischt nicht mehr. Der Nebel verschwindet so schnell, wie er gekommen war. Die Druiden stehen benommen auf der Lichtung herum. Gabi ist verschwunden. Kokolores sieht etwas enttäuscht aus, dass der ganze Nebel- und Lichtspaß vorbei ist. Carla tritt hinter dem Felsen hervor.

»Ihr wolltet Beweise dafür, dass ihr betrogen werdet?«, ruft sie. »Die könnt ihr haben!« Sie schiebt den Tonregler nach oben und die Trommeln ertönen.

»Es ist ein abgekartetes Spiel. Hinter diesem Felsen ist genug Technik, um ein Robbie-Williams-Konzert durchzuführen. Das war also der große Auftritt aus der Anderswelt!«

»Ich glaube, wir müssen uns entschuldigen«, murmelt der Anführer der Druiden und senkt seinen Kopf.

»Dafür ist später noch Zeit«, ruft Tom von der anderen Seite der Lichtung. »Erst müssen wir Gabi finden!«

»Und Sükür befreien!«, sagt Ibi.

»Ich wäre auch gerne meine Ketten losss«, brummt Professor Quast.

Die Druiden befreien Sükür und den Professor von ihren Ketten. Conny umarmt das Fohlen und endlich laufen ihre Tränen frei herunter. Das kleine Pferd schließt die Augen und lässt seinen Kopf erschöpft auf Connys Schulter sinken.

39. ERSTER SCHULTAG

»Al-so, ü-ber-legt doch mal, lie-be Klasse: Im Bus sitzen zwanzig Per-sonen. Am Chlodwig-platz stei-gen vier aus und sie-ben ein. Der Bus fährt weiter zum Neu-markt. Dort stei-gen elf Per-so-nen aus und vier Per-sonen ein. Wie vie-le Per-so-nen sind jetzt im Bus?«

Jo schnarcht. Tom sieht mal wieder seine Fußballbildchensammlung durch. Carla und Ibi tauschen Zettelchen mit geheimen Botschaften hin und her. Herr Stöppkes ist, wie so oft, verzweifelt. Aber es gibt ja eine Schülerin, auf die er sich verlassen kann: Conny!

»Con-stan-ze? Wie vie-le Per-son-en sind im Bus? Con-stan-ze?«

Zum ersten Mal seit dem Urknall hat Conny nicht aufgepasst. Sie sitzt in der ersten Reihe und zeichnet Delfine und Pferde in ihr Aufgabenheft. Seit Sükür wieder im Stall und die Sommerferien vorbei sind, interessiert sie sich gar nicht mehr für Mathe. Sie trägt Jos neongrüne Ohrringe und hat sich sogar Ibis BH umgeschnallt. Stöppkes versteht die Welt nicht mehr. Während er die Aufgabe geduldig zum siebten Mal wiederholt, knabbert Conny an ihrem Stift und denkt über diese verrückten Sommerferien nach. Sie kann immer noch nicht glauben, was alles passiert war. Hatte sie wirklich die Anderswelt betreten? Es erscheint so unglaublich, dass Conny sich nicht sicher ist, ob sie nicht alles nur geträumt hat. Stöppkes scheint sich jedenfalls nicht an ihre Begegnung zu erinnern. Aber die grausame, wahnsinnige Gabi in ihren Lederklamotten auf dem Felsen war sehr real. Schade, dass sie der Polizei wieder durch die Lappen gegangen ist.

Zwar kamen Finn und Kommissar Donnerstag, kurz nachdem Carla die Steuerung für Gabis elektronische Showeffekte entdeckt hatte, auf den Stenzelberg gekeucht, aber von Gabi gab es keine Spur mehr. Als der Kommissar auf den Berg gekraxelt kam und die ganzen Druiden sah, blieb sein Mund ungefähr fünf Minuten vor Staunen offen. Finn hatte die Polizei gerufen, als er die Freunde bei der Suche nach der alten Eiche verloren hatte und hörte, dass das Ritual begann.

Kommissar Donnerstag war natürlich wieder ziemlich sauer, dass Kokolores & Co. sich auch diesmal nicht an seine Befehle gehalten und in seinen Fall eingemischt hatten. Aber immerhin konnte er dem Museum den Dolch zurückgeben, Sükür war gerettet und den Freunden war nichts passiert. Im Grunde schien er ziemlich zufrieden zu sein, er freute sich sicher schon darauf, Gabi zu jagen.

Nach Kommissar Donnerstag kamen noch mehr Polizisten, die Eltern der Freunde wurden angerufen, um ihnen mitzuteilen, dass alles in Ordnung sei, die Druiden beschlossen auf der Stelle, die Spaltung in schwarze und weiße Zirkel aufzugeben, und die ehemals schwarzen Druiden warfen ihre finsteren Umhänge ins Feuer. Begeistert wählten sie Professor Quast als ihren neuen Anführer. Conny erinnert sich, dass sie müder und müder wurde und schließlich neben Sükür eingeschlafen war. Irgendwann, spät in der Nacht, wurde sie geweckt. Schlaftrunken, in eine warme Decke gehüllt, stolperte sie den anderen auf dem Weg zu den Polizeiautos, die auf dem nächsten größeren Weg warteten, hinterher. Der Mond hatte sich hinter schwarzen Wolken versteckt, es waren kaum noch Sterne zu sehen. Fledermäuse flatterten durch die Luft. Als sie den Wald schon verlassen hatte, drehte sich Conny ein letztes Mal um. Aus dem Augenwinkel sah sie, wie eine schneeweiße Stute in die Nacht davongaloppierte. Komisch – warum muss sie bloß immer wieder an diesen Moment zurückdenken?

»Con-stan-ze!«, dringt von weit weg eine Stimme an ihr Ohr. »Wie vie-le Leu-te sind im Bus?«

»Ach, Herr Stöppkes«, seufzt sie, »das ist mir echt total egal.«

Ende

Tobias Bungter, geboren 1974 in Bonn, studierte Literaturwissenschaft und Journalismus in Bonn und London. Er arbeitet als Autor, Journalist und Regisseur, unter anderem bei KiWi Köln, dem moses-Kinderbuchverlag, dem WDR und dem Deutschlandradio, dem Hessischen Staatstheater Wiesbaden und den Freilichtspielen in Schwäbisch Hall. Er ist Gründungsmitglied des »Theater QQ« in Berlin.

Bis jetzt erschienen bei KiWi-Köln:

Die Kokolores-Reihe
»Gemein!« 2002
»Futschi Kato!« 2003
»Jeck!« 2003
»Abrakadabra!« 2004
»Rote Karte!« 2005
»Das Geisterdorf« 2006
»Der Fall Marlar« 2008
»Der Kasimir-Effekt« 2009
»Das Rätsel auf dem Rhein« 2011

Außerdem
»Sackjeseech – Das andere Kölner Wörterbuch« 2002
»Kinder in Köln« 2004
»Sprachführer Kölsch« Band 1 & 2 2004/2005
»111 Dinge« 2008

Die Abenteuer
von Kokolores & Co.

ISBN:
978-3-462-03820-0

ISBN:
978-3-462-03821-7

ISBN:
978-3-462-03822-4

ISBN:
978-3-462-03833-0

www.kiwi-koeln.de

KiWi
KÖLN

Die Abenteuer
von Kokolores & Co.

ISBN:
978-3-462-03592-6

ISBN:
978-3-462-03824-8

ISBN:
978-3-462-03823-1

ISBN:
978-3-462-03817-0

www.kiwi-koeln.de

Das neue Abenteuer
von Kokolores & Co.

ISBN: 978-3-462-03831-6
Erscheinungstermin: November 2011

Die Hörbücher

ISBN: 978-3-939666-02-8
Bestell-Nr.: 242191-2 (2 CDs)

ISBN: 978-3-939666-00-4
Bestell-Nr.: 242188-2 (2 CDs)

ISBN: 978-3-939666-09-7
Bestell-Nr.: 242212-2 (3 CDs)

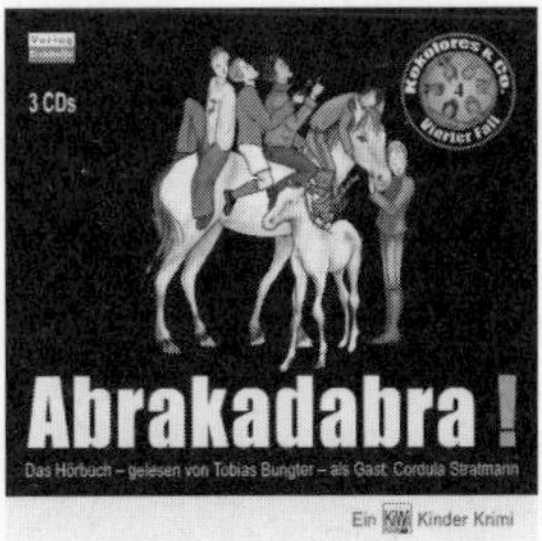

ISBN: 978-3-939666-05-9
Bestell-Nr.: 242203-2 (3 CDs)

ISBN: 978-3-939666-22-6
Bestell-Nr.: 242275-2 (3 CDs)

Verlag Dabbelju

www.dabbelju.de

Tobias Bungter und Wulf Reiners

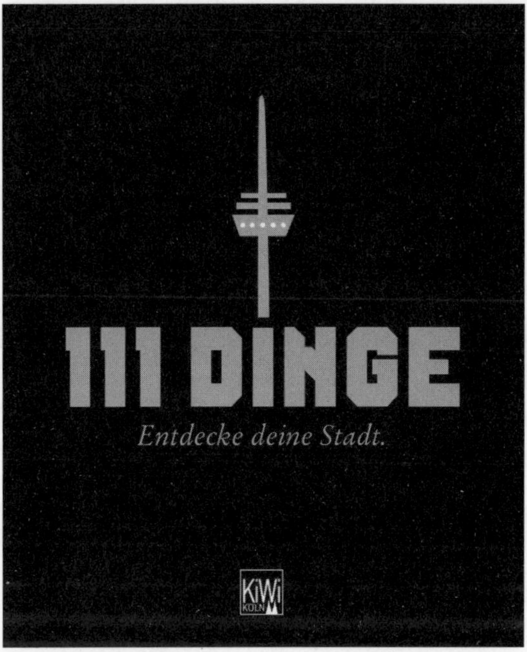

ISBN: 978-3-462-03812-5

Es gibt Dinge, die man in Köln unbedingt getan haben sollte – denn sonst hat man das Schönste, Aufregendste und Skurrilste am Leben in dieser Stadt verpasst.